天上之城

邱伟杰 著

春风文艺出版社
·沈阳·

图书在版编目(CIP)数据

天上之城 / 邱伟杰著. -- 沈阳：春风文艺出版社，2024.8. -- ISBN 978-7-5313-6783-3

Ⅰ．I227

中国国家版本馆CIP数据核字第2024VF8786号

春风文艺出版社出版发行
沈阳市和平区十一纬路25号　邮编：110003
辽宁新华印务有限公司印刷

责任编辑：姚宏越　平青立	责任校对：张华伟
封面设计：刘一郎	幅面尺寸：145mm × 210mm
字　　数：154千字	印　　张：8.5
版　　次：2024年8月第1版	印　　次：2024年8月第1次
书　　号：ISBN 978-7-5313-6783-3	
定　　价：40.00元	

版权专有　侵权必究　举报电话：024-23284391
如有质量问题，请拨打电话：024-23284384

诗集简介

《天上之城》分为四辑,《瘦的庭园》《虫的牙迸溅阳光》《水就这样流进时光》和《被风失手推落的雨》。

诗人邱伟杰借奥古斯丁的著作《上帝之城》的题目来立意,以审美的方式和性情的光色来折射真理的层面。显然,从诗章的风格与写作习惯上来看,我们仍能窥见诗人与现当代西方诗歌多种流派纠葛借鉴过程中遗留的语汇脚踪,但从整体美学和思维上来看,这是一本集禅意、童真和东方先贤传统于一体的信仰之书。诗歌于今日的现实意义而言已不仅仅是释放、逆反和批判,诗歌正悄悄步入日常,使日常摆脱平庸,令日常焕发生机。

邱伟杰的诗歌创作价值在于他弥合了所谓个人自娱自乐与社会风口浪尖之间的冲突撕裂口,他努力使诗歌成为生活的一部分,成为审美实践的前沿。他强调诗意的本来美,即人与生俱来的美如何在社会遮蔽中凸显,又如何生长成树,发芽结果。"他要像一棵树栽在溪水旁,按时候结果子,叶子也不枯干。凡他所做的尽都顺利。"

这本诗集共收录了诗人自 2016 年至今的共百余首诗

歌，有《尾》这样的以童真之心发出的犀利责问，有《蓟花》这样疼痛而渴望柔软的哭泣，有《先锋，太阳》把星辰看成是句读的急切期盼，更有《线》组诗中以无意义来揭示秘密的从容坦然。邱伟杰的诗信实而宽容，清醒而慈软，在阅读中即使常常被从未有过的语序和组词所打断、阻隔，却不得不由此进入全新的体验而有所收获。

作者简介

邱伟杰，1974年生，浙江金华人，导演，剧作家，美学学者；广东省艺术研究所研究员，北京市美学会会员，浙江省作家协会会员，金华开放大学教授。

作品有诗剧剧本《普及美学原理》，美学文集《美的人》《味的人》，学术专著《普及美学原理》。

师序 另一种天赋

文学史上几乎没有谁是先写一部诗剧,然后又开始写一本诗集的。邱伟杰算是一个特例。

几年前,在广州,他心血来潮,将他的学术著作《普及美学原理》搬上戏剧舞台,严格地说,是把学术著作改成了以诗句构成对白的诗剧。所有念白听上去像大歌剧咏叹调与宣叙调的歌词,声音或铿锵,或呢喃,或唧啾缠绵,音形义饱满而生动。许多观众首先是被曲折的情节和节奏丰富的腔调吸引了(当然也被学术拿来演戏的惊世骇俗之举震住了),没想半年后这诗剧的文学剧本单行本出版,读者又被纯文字的阅读纠缠。我想说的是,诗剧从写作技艺上来说要比一般诗词复杂得多,而邱伟杰并不算一个热衷于诗艺研究的人。我宁愿相信上天给了他特别的诗歌天赋,我也不愿意去琢磨他哪来的一套又一套的诗剧铺排手段。可是,事实却那么吊诡,他写起诗剧来得心应手,他摆弄起百来首诗却煞费心机。

我这么说,绝非想要表达他背离了自己的天赋在写作,而是我深深地感受到他在这本诗集的写作中所获得的特异的气质，也可以说，这是另一种天赋，不是与生俱来的，而是人生途中接受的，像是使命，像是差遣。谁能说受命从事不才情横溢呢？

他的这本诗集名叫《天上之城》，与奥古斯丁的《上帝之城》是同义。奥古斯丁是以古罗马先贤的哲学来印证天国的真理，那么，是否可以想象邱伟杰正以诗的性情为天理做见证呢？我相信那性情的部分是他原本就有的，从母胎里带出的，比如，"时针在夜里倒背如流""街角会不会被街灯磨圆""你我在一起说说话就都完整了"……这些直接就脱口而出、不假思索，完全不是一个被义务捆绑的社会人所写，而"譬如将日和月悬挂至天空的嘴边，将岁月和生活泥石流悬挂至梦魇的唇沿；挂得这么远，都很渺小，足以日夜各服用一片，唤醒已然沉睡着的人生""好人很贪，好人很懒，好人最自恋，好人最硬颈，好人最执拗，好人最骄傲，太阳都不敢站歪一点"，这些怕是性情延伸出去的思索，只是这类后天的作为也并不是某种挣扎和拼搏的产物，而更像是因性情的茁壮带来的耳聪目明，唯耳聪目明者可闻可见，得到神启，便张口言说。

诗有两种。一种是少年情怀，万种风情；又一种是无聊、空虚，以至于盛满真理。前者是流露，后者是代言。或许最后还有一种流露，是代言后的恩赏，是永不衰败的孩童的天真。我不想界定邱伟杰的诗歌到了哪一个段位，但我想说，他肯定不是第四种、第五种……我们每个人在被选择的性情之外都有那些荒疏的空地，只要是人大凡都有缺损，又正是缺损构成了活着的魅力，正如他的诗句——"昙花因强奸了时间而美艳，诗人踉跄了一下，把自己禁锢在花粉里"。

  伟杰是我的学生。当然，他很大了，有年纪了，在社会上闯荡了许多年之后才来拜师傅的。我起先教他文史哲，他在梳理思想、以史证理方面颇有特长，其实后来大部分时间，我都是教他一些门类艺术的技巧，比如戏剧、音乐和文学。他渐渐在艺术方面展现出才华，其实也没有什么秘密，也不在于我多么能带学生，只是诗意如同命定的设置一直紧随他，不放过他，这才有了不断的新作。所谓艺术，不过是诗意，不过是诗意的核心——神气。

张广天
2024 年 1 月

目　录

第一辑　瘦的庭园

客人日记　003

一线纠缠　005

鱼　006

黑白世间　007

呼所吸，吸所呼　008

它的唱腔　010

疤痕交错的覆埋　011

我的心，本该是剧场　012

溜达时联袂走台步　014

六瓣花与三瓣蕾　016

一埃　017

自画像　020

救我脱离困苦　021

春愿　023

线粒状的　025

作为风筝的世界和在草甸上放风筝的人　026

远去　028

失踪的童年　030

蜉蝣之恋　031

太阳的谦卑　033

婴孩　035

叩响另一端吧　038

账　041

逃生　047

尴尬的浮力　050

第二辑　虫的牙迸溅阳光

我要到上天那里去告你们　055

寄语　057

良夜　059

父的谜底　060

无法脱离　062

老天爷，今天你不用下雨了　063

牵？挂，短的分幕剧　065

画卷 068

空荡荡的沙砾 069

尾 071

谢幕 073

弦 075

你 077

薄暮，月光下的池子 078

赏析你的方法论 080

使命 083

风在入梦前一直吹一直吹 086

街的转角 089

时间走路显出老迈 091

诗是我此生的安慰 093

平庸 094

光照出了真实 095

蓟花 097

关乎青春 100

化成风的尘埃 103

含羞草的进化 107

当票 112

冷月拎起这无数面具，把它撒向人间，像花 114

柳泪无音是断了肠就吞没了声响吗 117

第三辑　水就这样流进时光

如梦　121

苹果换草籽的买卖　123

春节的命运　126

月脸红　128

爱者　130

人模人样　132

贵贱的剧本　134

好人诗　136

时间的镰刀　138

童话之殇　140

镜　142

隐喻才是语言　144

梦是大门　146

目光　148

在一个屋檐下我们隔着时间距离活着　150

鸟粪　153

恋爱叫时间生不如死　155

体外回血　157

空成了凶手　159

地土是白色的云　161

先锋，太阳　163

论断　165

星星不在远方　167

七杀·文明　172

日出　178

砖头的奇迹　182

第四辑　被风失手推落的雨

月吟　187

花园　188

极夜之光　189

线　191

桥　194

玉　196

秋日　198

月时好时坏　203

暮霭　206

白日梦　208

蚂蚁　210

雨之死　212

雨的伞兵　214

星泪　216

志念混沌　218

引无　219

雾浸　222

一整个冬天的高潮　224

在阳光下灿烂，好像在交作业。期待着通过诗人
　的验证　226

那个窗户　228

悲秋　229

格树见知　233

悬挂在尴尬中　237

海的完全之行　241

针的失踪案　245

忧伤的丝，那飘在风里的骨髓，软而没硬以先　248

尽一生做出一条无底的深渊，能终结过去、现在
　和将来的情冤吗　251

第一辑 瘦的庭园

客人日记

从望远镜里穿过的阳光,
一头扎进多年后的月光旋涡;
发现文章中涂满毒,
砖瓦和轴承的歇斯底里,
在塑料填满的海滩。

阳光被绑架了。
冷气机的笑靥。
晾衣架上悬挂着男、女大衣
是藏宝室,鲜花的仓库,
炊烟啊,竟然弯曲了钻向深渊!

蝴蝶不飞了,
把身子交给了风;
不明白一场雨竟会听信钟表;
猫和狗相视而笑,
合围向人;
日出的血红,请催眠夜色和行人,

一个流行和道德的十字路口。

跌落、滚坠和站立怎能是一个姿势?
这世界容不下
客人,泪珠
和星辰同频闪烁;
小鸟用声音擎托起盘子,
置设于白色巨石,
白纸上,一支笔躬身屹立。

一线纠缠

左心房里,
甜蜜酥暖。
右心房中,
蜜蜂嗡嗡地飞闹。

要不,请搬走右心房,
让我被甜蜜醉熏梦憩?
要不,请搬走左心房,
干脆重披甲胄力敌烦恼!

人,为什么?
非得有两个心房。

鱼

你原本或者是飞翔的,
你原想用心灵呼吸,
而现实压你进水底。
用鳃呼吸着幽暗,
仰望着厚密的水玻璃。
有人把你捞出深渊,
放置在无草的沙滩。
用口鼻呼吸着光明,
斜瞄着闪亮的水波纹。
可是,为什么并没有飞翔?
为什么出水之后可以行走,
却没有飞翔?

呼吸,是啊!
只要呼吸,
也许就够了!

黑白世间

乌鸦是黑白的,
孔雀也是黑白的,
五彩霞光也变成黑白,
看见看不见的都变黑白。
光,静息在黑屋子里,
渡船被锁在米仓,
大地让青春枯朽飘零,
鲲鹏在黑白的眼睛里沉坠。

然而,飞蛾为什么要扑向烛火?
然而,蝴蝶为什么要紧缠花朵?
而我,为什么从黑白两界中逃逸?
我啊!宁愿舍弃了身体,
也不愿意被黑白注定!

呼所吸，吸所呼

风伸出无数只手，
与我每一根毫毛交互，
带来那山的问候。

绿有各样的层次，
织成一幅密码图，
驾着风涌入我心。
我被山拉过去了，
一下子，回家了。

花草树木是谁生出来的呢？
你呼着它吸的，
你吸着它呼的，
我们同祖先在一起，与草木呼吸吧！

祖先在翻看着你的一切，
他在你的呼吸中，
在你层层肌肤中，

在你一闪念中，
静寂地锚定——幽观！

他们看到了——
你离开家却处处为家的恓惶！
脸面啊，怎么会是一个家！
你的脸面那么薄，
里面竟吞吐着另一个星球！

风很轻，
问候很弱，
却包裹着安乐，还有
祖先的担忧。
你知道吗？
俄顷后你的叹息、咳嗽，
也许是他们对你的召唤。

它的唱腔

你,
压逼到我变形?
肌肤脆弱、敏感,
内里长出疤痕疙瘩。

身体里的疙瘩硬了,
拿不出来,人就坏了,
只得把铁镊子伸进去,抠出来,
记不清是每天一次还是一周一次了!

我密藏着一只拨浪鼓,
一面圆形,
一面斧子状,
它的唱腔:哐当、哐当……

疤痕交错的覆埋

我问,祈祷时能打电话吗?
你问,祈祷时能化妆吗?

我要和你打一场官司,
提取出哭、笑的往来账目,
寻找回你的形容语态,
可是,我丢失了你的姓名。

橡皮擦善于抹除笔迹,
伤疤喜欢擦去记忆。
疤痕的立交桥,
覆埋着多少不想回首的以往?

飞蛾见到火,
只剩下一条去路。
是谁做了你的帮凶,
吞噬了我的来路?

我的心，本该是剧场

你在看花时，
花会来看你吗？
它的语言，
在风中避去哪里了？

花是草木的叹息吧！
花开花落是一呼一吸，
月的呼吸是潮起潮落，
我们与它们同在却不同界吧！

蝉，冬死春活，
生死也是一呼一吸吗？
我也呼着吸着，
我能与蝉同频着死生契阔吗？

在风中拾起什么？
在月下放下什么？
在冬离开什么？

在春汲纳什么?
我才能听得懂天地的喃语。

我怎可是唯一的遗孤呢?
花、蝉、风、月的角色,
呼吸生死的台词,
我的心,本该是剧场。

溜达时联袂走台步

光蒙蒙浸没城市
如果用卤水来腌；白粥和一个早晨
光的线性总觉得太硬
也喜欢拿来戳一戳城市的肋
光变丑了。碎成颗粒，四处迸溅
眼里抹去地图上的标志。脚印
从城市的街巷聚汇并浓缩
从空中笼罩下去。阉割
正在公众场合欢乐的人，无血无痛，炙热扭曲
阉人豁得出去一切

突然，心痛起城市
那厌懒被蒙蒙之光拽走还是招揽都不重要
高压气袋被碎光芒刺破
低密度和抑郁症难道成正比？鸟压低声气
小孩的尖锐正磨砺着；刃口的碎光
宁望向太阳生痛，胜过酸楚
啊！失踪了的是屈辱

天上之城

无人发现盐味被酸楚味易替
只是颠乱了味蕾

这地方竟然还有白鹭
树梢上，绝对没聋也没盲
在江心公园基本每天都有太阳
空中密密匝匝的脚印，绝非云。绝非规划图
必须山清水秀，在城市
好空气循环于每个人的肝肾
用不着网，鱼和野猫
溜达时联袂走台步

城市里不燃放烟火，禁止爆米花
一个雷会唤醒另一个雷
空气的迸裂和心塔的坍塌。引线
你看，棉花糖轧得多温润。线索的坟茔
爆米花的狰狞抖落的童音
碗摔裂成碎屑：
或念碎碎平安
或祭酒洒泪后掩饰忧伤

六瓣花与三瓣蕾

走过,回首,驻足,俯察

枯绿的藤苔

一小簇青绿瘦长的片叶,托起

一枝

白底粉红的六瓣花

三五黄须拥出一舌三瓣蕾

我,绝不认识你

你,呈唇秀舌地媚笑

面容之下一条长纤腿

只能凭风舞脸,腰肢呢

实是……

没有叫我滑坠的理由

走开

回首

蹲下

你朝着天空

挺

抻

一埃

雪山顶是天际的云,
白云是湖底的雪山,
在这样的湖面曳舟,
山肌和水肤是黧黯的。
流动的是时间,
沉滞的是呼吸,
必须有风,
才能提醒还需品茗,
镇定魂魄。

涟漪从屏幕中漾荡着室内的空气,
旅行归来,
尘埃跌宕在周遭,
又要在梦里游戏了。
所有自然都是市嚣的世代,
每朵花都有了主人,
言语被派定不同的方言;
主人的身上绳索密匝,

连梦乡都钤印立场。

立志与世界为敌的人,
要用书房的四壁去包裹寰宇,
要用墙的外壁,
给自己析出一室尘埃,
每期只找一颗尘粒去癫痴恋爱,
任其他尘粒造羡作妒,
渐臻兴波生风,
啊,这样产生的风,
来自雪山之巅,
未尝经过人的呼吸。
出家原来是与一埃痴恋。

一本书是一埃,
一部剧是一埃,
一曲歌是一埃,
一枝花是一埃,
一个吻是一埃,
一次生气,
一场嫉妒,

一念懊恼，
一番忏悔，
一埃一世界，
用习俗密封春风的世界。
出家是燕居在处处的世界，
而抛弃万千世界。

自画像

生命很重!
我很轻,如
一缕青烟,
在空中曳动,
身着艳衫,
要钻进天空肌体,
唤醒云朵,雷霆嬉戏,
天上的酒倒下光霞玫瑰。

爽呀,
癫呀,还怕
玩耍至死吗?
但求一座墓碑,
不管在公墓还是荒山,
鸟儿飞过时啄啄那残墨,
定能尝出是灰尘还是刻篆!

救我脱离困苦

上天啊，感谢你再次救我脱离困苦，
以我无法言表的伟力，
你的气息驱逐了恶寒魔侵，
令每一个细胞变成芬馥草地。

顺着余留的奇迹，
看到我过去现在未来的罪，
曾经已经被你宥免的余烬，
那历累的无知和虚妄如山。

上天啊，我要全息地托付于你，
祈求你的怜恤，让我能够复归于初；
在那污秽、不堪回首的阶陛，
连流民都不肯驻歇的每个细胞里，
乞求你无微不至的涤荡，
从每处极微端更新我的生命。

上天啊，恳求你倾听我的祈祷，

你的顾念是我唯一的倚靠，
我活着、犯错并祷告你的气力。
你爱我宽容我并白白地宥免我，
我却没有任何本钱来回报。

将所有的，你寄存我身的每一光芒装上警笛，
乞求你帮我抵挡心魔的偷袭。
至于我，本是你造的婴孩，
追慕一切能躺在你襁褓中的先人，
任由你指派福祸悲喜，
在呼吸视听嗅触中体味福祉。

感谢上天，顺着你救我的足迹，
每一个细胞中都留余你的恩；
感谢上天，体味着你的温度，
乞求你不嫌弃我的卑微赞颂。

春愿

春雷似飘忽的列车,
其声由远而近,
由近而远,
忽高耸而邈远,
忽临顶而振聩;
雾是少女,
游曳步舞于林间,
林羞其美而蔽掩,
忽浮于梢而轻盈,
忽弥于梢而空蒙;
嚣闹而寂静的春,
最安静的学生是花,
各安其序地绽放,
还有一对竞飙的舞者,
叶与卉,
好一口花井散布绿海。

寂静是淡定的映象,

每一样色彩和声息都安好。

风把我和万物牵在一起，

风催万物动，

我寂然欣喜，

都是上天的声容在呼召；

我张开双臂，

把脸颊、胸襟及全身心浸入风中，

融应唤召，

安宁而热烈。

我爱上天！

祈请您把我融入您的声息，

燕居安步地走好寄旅；

请赐我结果；

请赐我可以见证您的智慧；

请赐我一切性情所喜厌的历练；

请赐我剔辨内心诡诈的慧觉；

请赐我洞见美的机心技法并以此赞颂您；

请赐我灵魂平安并矜谨卑微；

请您复归我于本来，

允我执己为器容您驻息。

线粒状的

你看我的眼神，
从那时空推涌过来，
压进我的身体，
那端的黑，抹消了你，
但剩下压往我的那柱目光，
渐短，腔体内浓稠；
有力固撑住鼻翼，
颈项向上顶住了空气，
线粒状态的气息缓来慢去。
我在汽车后座发呆，
或许根本没有你，
却因此我想起了自己。

作为风筝的世界和在草甸上放风筝的人

枯竭的岩浆

得吞吃掉多少封情书

方能护住不甘灭去的烛光

苍虬和青葱谁更精神

城市啊,你怎么长大得这么快

现在想抹掉过去

过去早已走向未来

浪花咬下一屑屑海岸的肌体

我被咬成孩童的样子

大海释放了太阳

我想变成一个开关

我怕变成一个开关

我必须变成一个开关

我本该就是一个开关

我讨厌所有的开关

我只想掌控住开关

天上之城

天黑,天光
逻辑思维,反生活语境
酒醉,酒醒

世界是一个风筝
人在草甸上

远去

有一座瘦庭园，真好。
你就可以不做诗人了。

淌着水的山、游弋的几尾鱼，
竹不竹、松不松，伴着亭子，
在野草中跳置出石径，
这样，鸟鸣和花蕾就会翕如。

有石能让庭园静，
公园中的名石却不适宜。
宣石，太湖石，
斧劈石，灵璧石，
太做作！
我想置几颗不三不四
却自以为是的素石，
才不会被它的光刺着。

风是无法拒绝的客人，

带来耍闹的虫蚁蛛介。
你可以发个呆，在渐至
轰鸣的水声中翻看自己。

刁顽的阳光，
痴舞的雨，
静寂而疯癫的花，
帮你散布不妥协的青苔。

有一座这样的庭园，真好。
你可以活成青苔，
游走去每一个隙穴！

失踪的童年

我的童年失踪了,
无法报案的卷宗压在书桌脚下。
旧宅、溪塘、晒谷场,
压在水库底也压折了记忆。
测量肉身可还原出那里的水土气息,
臃肿和霓虹灯隔绝了等离子对撞。

卖去了他乡的巨樟,
是我有过童年的核心证据,
祭祖的喧闹破坏了侦破现场。
我们用口音拼凑成一只粽子,
五花大绑中各赴东西。

我的童年在阳光下四处游离,
有看到的人四下传说:
"是一张网,
要从鱼脑中提炼出记忆。"

蜉蝣之恋

时间在蜉蝣面前
跑得会有多慢呢?
时间粒子被一生悬挂,
这么重,
慢得近乎停滞了。

或时间太快了,
掠过蜉蝣时,
没来得及铭志;
蜉蝣在时间之外活着,
为人演出致敬三一律的戏剧。

时间是个势利眼,
在膜拜它的人前逞骄;
在恋爱一生的蜉蝣前,
被月光笼上轭,
俯首熠亡。

山川还有多长的寿命呢?
恋爱吧——人;
任山川的余生,
作诗撰文去忌羡人生!

太阳的谦卑

云只会依心意派给大地光线，
它计量过爱的范式；
太阳只让卉木自己抢夺光线，
万物皆回到自己的样式。
云在高空塑像；
太阳在地底承托。

风时高时低：
一时推搡着不识趣的云，
一时抚摸着卉木。
风是个会讨巧的家伙，
推搡时以打情骂俏的力度，
闹得云娇羞欲滴，
或者干脆感动得泪如雨淋；
不明就里的卉木但感念云的恩好。

风的抚摸花样百出，
似慈母，如知音，胜撒娇，

像顽童，赛比严父，
让不得迈步遛行的卉木领略各色景致，
度过幽居一隅的孤寂时光。
难说风存的什么心意，
却在它的性情中让大地生色；
风，或实是太阳伸延出来的手，
在不论判是非中，
缄然让万物和气融融。

太阳呀，
我要赞美你的公义和智慧。
风是你最智慧的使者，
你鼓动着风的节律，
却毫不表功，
以最穆肃的表情行着最合宜的劝解。
云与你相比，竟直是：
摆造型讨好的样子，
做姿容妄谋量化光线。
太阳呀，
同被高置，唯你
以自高的误解行着谦卑的爱意！

婴孩

湖泊是镜框,
究竟哪端是倒影?
坐在此处的我到底坐在哪里?
暮虫啁啾不已,
听不懂的话意,再努劲
彼此直是徒费心力!

是什么蔽掉了与星体间的信音?
吞噬来路的兽,
无形的深渊,
风将天上的和心头的密云串成绳索,
我被悬晾在绳上,
晃荡……

人的眼泪是暮虫该多好!
我掉一滴,你鸣一阕,
对唱着歌咏;

莫非连皮毛都已铃记网罗,
硬是收不到颤音的振动,
音波变成直线扎刺。

真是不甘心呀,
百鸟千豸怎么徒然对人弹琴,
因何叫得如此焦虑不安?
因何鸣得这样切切迫促?
你们在讲什么,
到底在提示什么?

夜灯想打进湖里,
却只被铺展出去好长,
空气难道也是个湖,
硬生生阻隔了人与万物;
干脆消解成各型虫豸吧,
与你们同悲喜并与卉木共舞。

古时,我们是可以共语的。
古是起初的意思,
起初正是人的本来,

天上之城

难道过去就是我本来的未来?

婴孩临世的哭啼莫非是听懂了你们的提示?
我的未来竟是一个婴孩!

叩响另一端吧

你总是觉得什么都有优点，
存在就有价值，
对世界要有话好好说，
改良总好过愤慨；
你指望那山是山，
或者反正那山最后还是山，
所以你反感山，
却不憎恶山，
就像你是公平的秤砣，
希望平衡不被你的愤怒打破，
或者只要拢得住你的厌烦，
世界就不那么令人生厌！

这山就不能是山啊！
它可以是水，
可以是火，
可以是一堆灰，
可以是云从天上掉落，

甚至可以是雾和霾的朋党,
这山就不可以是山!
山的极端是只有山,
或者说到底反正还是山,
对抗此极端的方法是用尽彼极端,
孔子说:我叩其两端而竭焉!
你总是只叩一端,
不敢叩另一端,
哪怕望一眼,
都怕两端的激撞引发核爆炸!

叩其两端吧!
在这中心化一端唯大的世代,
爆不爆炸是老天爷的事,
是多大的傲慢才让你替天担忧!
叩其两端吧!
在这流行是山,
道德是山,
标签是山,
吞噬人和世界本来美的兽是山的世代;
叩响另一端,

敲，
打，
砸，
击凿，
碎裂之，
齑粉之，
让另一端在你的笔头，
在你的音乐，
在你的兴趣世界里，
在你的叹息中，
轰隆殷盛，
直彻云霄以祈愿光的莅临！

这力量，
这态度，
就是美！
美是两端间叩出的缝隙，
美是两端间叩出的尴尬，
美是两端间叩出的不堪和挣扎，
美是两端间叩击出的火焰，
是不安生于平庸的雷霆；
美，是厌弃现实世界，
决绝奔向真实世界的斗争！

账

岁月算不得河流,
不过是配合钟表的打击音响;
生活的泥浆是河流,
时代的、民族的习俗,
玫瑰花的包袱,
炊烟的色彩,
白发的裂纹,
孩子变老的叹息,
是透过人身的河流,
冲刷也扯拽着人生下坠!

人生譬如一块石头,
要在浊流中扎下根基,
免得被生活的泥石流冲溃;
又要在泥浆中发现,
从不停被击痛的慨叹中撷取泪意,
引发来自心的怜恤;
倚靠着这涌动,

挣脱而逸出泥淖，
结出果实。

心原本是大海啊！
从什么时候起，
是什么样的力量，
把大海规划成一条河流？
有了河岸，
就有了框限和方向，
框限弃去了容纳，
方向错乱了方向，
大海变成了内陆湖。

海制成的内陆湖，
多么凝滞笨重，
火山在底下被压成平面；
有锅盖蒙住湖面，
制造抑郁症，
即使冰湖被炸开，
纵使鱼腾虾跃着跌出湖岸；
湖还是那湖，

得了失忆症的大海。

大海什么时候才会清醒呢？
任由海水沸腾，
水汽随风云迁徙，
生发千溪万河，
涤荡河床中的淤泥，
洁净海渊；
这一幕是在人的梦里，
还是大海沉睡时的梦魇？

用那梦里都攀登不上的山，
制成凿穿梦魇的药丸？
可是，湖已吞噬不下高山；
莫非唯有将山推去远方，
高大才会变成渺小，
方能早晚各服用一次，
譬如将日和月悬挂至天空的嘴边，
将岁月和生活泥石流悬挂至梦魇的唇沿；
挂得这么远，
都很渺小，
足以日夜各服用一片，

唤醒已然沉睡着的人生。

一朝醒来的人,
会怎样品鉴日服夜用的药丸呢?
日服的是岁月,
夜用的是生活泥石流,
真是尴尬的人生啊!
做梦时向往醒来,
醒了,身不由己吃着治梦魇的药,
好比要在疮脓中品尝出苦口的良药;
往心里捅一把两刃剑吧,
一直痛着并快活着,
清醒地攒着泪滴,
注视着泪凝化成果实。

多少痛的快活啊!
还是在泥石流中,
还是在岁月刀剑中;
不再用雾霾来填充空虚,
不再趾抓手扯地防止堕落深渊,
不再忧虑明天,
不再有惶恐,

不再焦虑……

这快活为何竟是痛的?
这教人生下坠的难以言表的苦楚,
这被包装成绝不回顾的时钟,
这仿佛叫人学习随波下流的河道,
为何直令人窒息,
令不愿下坠的人在麻木中隐隐悲哀难已!
能停止这份悲哀的生的痛啊,
你来得猛烈一些吧,
频繁一些吧,
痛着才是生的,
方能感应到心海涌出的怜恤的嘉许!
生似乎本该就是痛的,
这快活的痛,
抵冲了下坠的拽扯,
将人生固定在峭壁上,
开启生长的脚步!

生长是实实在在的活着。
好比五谷喜欢结实,

尘土高兴张扬,
不过各取所好地算账;
有的账如尘埃,
恋慕拽住水汽升高,
凝成高踞的云,
不过是落雨中回到虚无。
有的账如种子,
在生命的节律中耕作与安息,
实在地收获着;
突然又涌出了一股忧伤,
一下子觉得时不我待,
真是的,
怎么会有这种感受!

逃生

山脚下，一条蛇从右到左
从我穿着凉鞋的脚背上滑过
凉鞋的带子会刺疼它吗？
受惊的蛇会噬人
我如一株树呆立，忘了
有没有看着它的蠕游
心脏上多了一个疤
它的头昂起并盯着我

看啊，有人趴下身子躲去角隅
在更黑暗中观察黑暗
密林中有蚂蚁掉落了什么
是宝物，还是伤疤？
为何我的脸竟被撕裂成两半？
发现认不出自己的模样
发现身体中溢出的污秽滴滴掉落
那如蛆的污秽要钻回体内
生猛地蹿走

终于没有了动静
是一撮撮奇形怪状的兽形纸屑
我定要逃去有水的地方!

甬道里没有一滴水
那江河汪洋里都是水的血泪
血洗血,越洗越脏
我仰头渴望落雨
发现天上的云都是孩子的腿脚
一晃一晃的
是在荡秋千吗
还是蹬着腿要爬上去?
这落下的雨是他们伤口的脓汁

这是地狱吧!
撒旦莫非竟是我们自己!
一下子,我收到了很多信
太阳兄长的,月亮姊姊的,风雨雷电鸟兽树卉的
多么温暖的口吻
轻柔的,干瘪的,湿润的,拧巴的,压低嗓音的
原来邻居是他们!

天上之城

糊在心脏上的纸软化脱落
好痛,又酥暖着
这一封封信竟直是洗涤的温水?

甬道啊,我一定要逃出去
攀着这脓汁化成的雨绳
借着这孩童悬下的脚踝
和他们一起逃出去!
如果黑暗注定将我牢牢锁死
只要心上的纸不停剥落
眼睛能看得更亮
即便,真的逃不出去
但愿我能变成一滴不甘心的雨
在甬道里砸出一个池塘
养上些许鱼虾
飘扬起几株水草
兴许,还能让池边有株能结果子的树呢!

尴尬的浮力

揣测过黑洞的奇点
会通向哪里
安置在何处呢?
赤裸的肉体和心脏都承载不了
或者,在人的口舌上吧!
一时无尽的汲取
一时无尽的倾泻
无限小又无限大的存在

夜里的沙面街上
走向你的怀里
月华隔阻了投向我的热情
口舌做成的黑洞
摘下一颗一颗星星
落成你弃我而去的脚印
我抱紧了月亮
悬挂在珠江的水中央

我慊恨你啊,酒神

往年的酒味还来催收债务

撬开了唇门齿户和舌冂

将太阳藏在喉间的光放出

酒神啊,你和太阳神的纠葛

不要硬拽我介入

我管不住自己的肉躯

哪里解得开你们的爱恨

(妖魔啊,你真是太看得起我了!

又完全无视我屈辱的怒火

但把山塞进我嘴里

帮我摆出谄媚的笑靥

按住我跪下

心里发苦却兴奋地挥舞大山

怒火靠近不了眼就熄灭了)

无力的挣扎啊!

口舌化为黑洞时的美景

心愿苏活时的恶寒

深渊中峙耸的两面壁立千仞

在这深渊的峙耸间

我撑直双手双足向上攀爬着
无奈啊！竭力要甩弃那美景的墙
专注在恶寒的墙上垂直攀登
这管不住的躯体，是吸血鬼吗
竟直教我投向口舌的黑洞之墙
妖魔啊
让我左一脚不是，右一脚也不是
深渊底浮上来阵阵百花芳香

妖魔，你太看不起人了！
你以为删除了人的屈辱
哪知羞恼会将人爆炸成星星
星星多么轻啊
杳冥到你也难以触及
我依然在你的口气中如蒲公英
却宛如坐在一个大气球上
摇晃着，错失着
向上飘浮着

天上之城

第二辑 虫的牙迸溅阳光

我要到上天那里去告你们

我被虐待得快死了,
我要到上天那里去告你们!
人生最大的虐待不仅是对肉体,
而且是他人必须记录自己的笑声,
让被虐的人,永生没齿难忘!
我必须摆出最荒谬的表情,
发出最扭曲脸蛋的笑声,
这些坏人,还真的要求,
把这刻骨铭心,全程拍照!

我被强逼,把头压进水里,
被四只手摁住,强势扣上
是女人才会佩戴的,插满
鲜花的帽子,在男子汉头上!
相机咔嚓咔嚓地闪着亮光。

生活你对我真是太好了!

你们,这两个坏蛋女儿,
我被虐待得快爽死了,
我要到上天那里去告你们!

寄语

亲爱的孩子,要
披上蛇皮,学会灵巧,
你离开家门,路会很长,夜很沉,
驯良的鸽子,要恒藏心中。

这是山川那是沼泽,
请不要用心摊平道路,
迎接你的可能是羊,
更可能是狼,
聪明会让你遍体鳞伤。

江河、草原与沙丘,
要警惕太阳和月亮的光芒,
耀眼的都会杀人,
不如去恋慕花花草草,
坑道底,星星闪烁。

摆好姿势,

任风从毛孔中透过,
不要挽留它,也不能散架,
你离家很远,连夜色都触摸不到,
请学鸽子鸣叫,
那时,我会看见你。

良夜

孩子抢走你的夜，
蚊子换了食谱，
只吞噬暖气不吃血，
我的手指学会了屏气。

树干需要进口藤蔓，
来激活肉身的内需，
那剥蚀去的凹迹，
怎堪承接雨水的滑梯。

宝儿的呼吸里，
充盈着我的烟草气息。
星星间拽长的光线，
延伸了发丝，相纠互视。

父的谜底

父亲是一烛火，
一烛火点起百盏灯，
点点灯火燃亮万户窗。
这划破冷寂长夜的
万户光明竟是源于一烛火！

每个父亲都从孩童中长成，
一个父亲后面站着很多个父亲。
这从莽荒纪跌撞而来的
每个人的生长是根植于多少位父亲？

你可能感受到……
山似厚重海似博渊为何总无音？
冰般刺剔雷般轰咒竟然也是爱？
父亲是谁的谜底？
竟是由苦谋生计的棘荆来回应！

你可能体味出……

在你怀抱着自己孩子的春天,
阳光温抚你伤疤底层的痛痒。
那道光,已独在寂黑中
微笑地,奔走了亿万年。

无法脱离

妈妈的眼睛粘住了我的脚,
我醉在她想陶醉的表情里,
无心脱离啊,无法脱离!

三里之外的我,
想着妈妈想撒娇的表情,
无心脱离啊,无法脱离!

十里之外的我,
想着妈妈含在嘴里没说的话,
无心脱离啊,无法脱离!

百里千里之外的妈妈啊!
思念让我产生幻觉,
好像我还在你的肚子里,
无心脱离啊,无法脱离!

老天爷,今天你不用下雨了

(读张广天老师撰文《山神》感言)

老天爷,
今天你不用下雨了,
我的眼泪一直淌一直淌,
这地上盛满了。

如果你今天还是下雨了,
就直接下到我眼里来吧,
我帮你流出去,
我帮你流出去!

我哭了吗?
我在大笑啊!
我笑得那么大声,
把眼眶都震崩塌了!

我哭了吗?

我在大笑啊!
我笑得这么有力,
是心花怒放的爆炸!

我哭了吗?
我在大笑啊!
我笑得那么隐幽,
泪水扮演着海啸!

牵？挂，短的分幕剧

一幕

进大山狩猎，
得经常和时间、空间搏斗。
时间常常投降，
至于空间，我决定
用凯歌来抚慰它。

酒在柱子上盘绕，
歌舞燃烧了空气，
谁的脸上冒出了粉刺？
我体内，落了一场暴雪，
风吹出来，周遭更癫狂！

之后的每一场夜风，
胃液都涌上来灼烧心头，
吐湿了枕巾，如陈年泪斑。
是时间，还是空间在报仇？

复活了血肉之间的脉动。

二幕

其实见到妈妈的时候都很想的,
大部分时候其实没有那么想妈妈。
双亲对孩子的牵挂是真实的,
孩子却用各种理由去推脱。

一种假装想的不想,
或者说是偶尔想起又掩盖着不去想,
然后去见面,打电话,通信,
这时总是没有那么想。

牵挂,说什么呢!
说是牵挂能够让所谓的空间变成没有,
但是为什么人就是不想去面对这个空间的没有?
另外就是这头牵着,
那头其实早就已经挂掉了。

实在就是不想,
至少不想在空间上在一起。
来一阵风吧,刮大风,

这并不是借口,
真的是大风。
我在风这边说话你听不见,
你在风那边招手我看不见。
多好啊,
不是说一定要如何如何,
这大概就是牵挂吧。

画卷

用力地抓住你的头发,
把你压进画卷中,
摆千斤巨石压镇在上面,
让一息气味都不逸出。
这样,在窗外寒风伐树,
野猫哀鸣的春天夜里,
你躺在别人怀里鲜艳的笑声
也会在我卧室的画中飘临。

空荡荡的沙砾

我构思出一片荒漠，
你没有了树木和岩石的依靠，
任由空荡荡的沙砾承托起身形，
那些沙砾，是唾沫的干尸，
它们是不是已经替换了你的精血？

问号，为什么你的身体中有断崖？
迷雾中的那个黑点究竟在躲避什么？
能不能整出点声响过来？
哪怕只让我逮到一段怨幽的叹气！

楼下的汽车呼啦啦驶过，
轧得水泥地连声尖叫，
明明是块死坯子，
为什么我竟听得懂你的阵痛？

我面对着山谷索要回音，
山谷塌陷成深渊；

我站在镜子跟前回溯,
镜子褪色成了玻璃。

刮来一股时间的乱流吧!
过去的你和将来的你,
就能在我跟前嘶嚎一段荒腔,
把我们拽回彼此记仇的青春!

人蚊大战溅得月光一身血,
公蚊子从擂台一头走向另一头。

尾

你心里离去了几百回了吧,
你已忍受着委屈说了几百遍一定会改。
你那么努力地证明有所交代,
是对你我,还是对他?

他的签名是一只老鼠,
头尖尖,屁股滚圆,拖着又长又曲的尾巴,
我在你眼中是那尾巴,
你在我眼中是那尾巴,
三个人在一起是一只完整的老鼠在嬉闹。

我们有很多年都不联系,
好像每一次通话都会惊扰到他,
也会惊扰那不忍触及的时光。
现在两根尾巴绞成了麻绳,
这麻绳是一座桥吧?
好似我们彼此绞得越痛,
桥就越紧实,

虽然都难以知道桥那头还有没有他。

我们在一起的交流，
精心地不去提及他，
可是我们每说一句话他都在场，
你我在一起说说话就都完整了！
为了活得完整，
我们在一起实在太久了，
久到慢慢地难以辨认出老鼠。

现在我隐居在游乐场中，
用过去和未来充实此刻。
兄弟，干脆这辈子你再也别长大，
怕你长大了就会残缺至老。
我祈愿你永远是个孩童，
借着你的童谣挽留他一直在桥那头。

谢幕

兄弟,你在嫉妒我吗?
你怎么能嫉妒我?
再多的人想要坏我,
你都应该是盼着我好的。
你活在一种怎样的世界中?
总是用担忧我会自我膨胀的状态督查着我。

我曾经仰望过你的背影,
你就总摆着鼓励后生进步的语调,
你一直在用当年的背影看着我吧?
到底是我俩都活在那个时代里腐朽,
还是我流动了,你还凝固在那寸时空?

是什么导致最欣赏你的我误判了你?
你那么努力地把自己压塑成一个演员,
用你最没有现实功利的状态,
伤害得我最纠结,
使我在文和语面前缄默。

好吧兄弟，只要你说声算你欠我的，
我就会将你紧拥，
用两具肉体的能量去驱走、挤爆阻在我们之间的湖川。
你睁着那无辜、有过必改的眼，
打着话剧腔，谢幕。

你隐身在我的世界之内吗？
真希望你能看看我的背影，
你会发现我的背影一直在盯着你，
等着你摘下那副作孽的眼镜。
这样，我就有气力抽出眼睛里的麻绳，
还我洁净的瞳孔看懂透明的自己。

弦

那天你走了,
决然地远去,
说要去做新娘,
新郎还不知道是谁呢!

你的影子被拉得很长很长,
一头在天之涯,
一头覆埋在我的心底,
丝悬于心弦,
还有弹性,
风一吹就颤一下,
震荡起你的银铃笑,
气息都不敢转的那种长音响。

我不敢问风心情好不好,
怕你顺着影子收弹簧,
不知道要收缩几遭才能安定?
这头不知要痛几回,

那头难说会烦躁几趟。

风啊风啊,
你能不能不吹?
要吹你就干脆变成利刃,
一次就断掉我的心弦!

你

我的诗里常有你,
我就不用写诗送给你。

我备的祭坛有时不够好,
诗神会对我蒙上黑纱。
你总在此刻就出现,
为我送来合适的祭品。

我的诗里常有你,
我写的诗就不用赞美你。

薄暮，月光下的池子

圆是线圈的，方是线框的，
这线，是又方又圆的？
日、月和你我也是这线的游戏吧？
你轻如一丝线，
飘然于我的思绪中，
怎么也沉寂不下去。

每次与你通话，
都想顺着你的思路，
穿进你的血管；
做你的血液真好，
涤荡你的脏腑，
祛退一切非我的思绪。

风穿不过屏幕，
风里的虫可以，
我的手在发痒，
想来是你的呵气吐芳；

你骗得过自己的想法,
却欺罔不了我的手!

我潜进心底深渊,
看到虫子,它的牙迸溅阳光;
涟漪一直在向外圈推涌,
可是我看见它破碎了,
可是我看见它扭曲了,
这碧绿,怎却凝结得更秾郁?

赏析你的方法论

你的上唇，
宛若俏丽的弓弩，
窃啖去樱桃小嘴的一半；
像一只踌躇满志的小猫，
向世人炫耀着顽皮的战果。
你不用露出笑容，
却已在笑谑途经的春风；
你千万要护佑住笑容，
这笑我不敢去模拟，
但恐会让春风羞愧逃逸。

黑白分明的美目盼兮，
娇态纤姿的柳叶眉，
笔挺含珠的悬胆鼻，
珠润如玉的鹅蛋脸，
好一副端庄秀妍的贵妃容；
这是怎样的唇呀，
将贵妃盗诱出宫阙；

使仙女醉心于弄风嬉情；
让诗人沉默，
令月光欲言，
叫春花谢幕。

我想乞求你的笑容，
做我的勋章，
悬在我的胸膛做护盾，
好让我定住心神将你看；
那黑白顾盼的眸子啊，
我不该去细看，
直掉进去了，
瞳孔中那一点光烁的深渊。

生活里、文字间、影视界、睡梦中，
没人见过这样的唇；
扰乱秩序，
打破节奏，
这俏丽的弯弓不须射出箭，
却划破蛋壳，
引人寻迹探幽；

啊，还好我是你的茶。

幸亏，
你抬手绾发；
那乌漆发光的垂瀑，
四支玉箭如指，
引我从那容颜中跃逸而出。
以彼之矛将彼攻陷，
我终于觅到赏析你的方法论。

使命

你是我的眼药,
濯尽世间的风尘,
轻轻叩问我的泪腺:
"有门吗?
我要去心房。"

我是你的茶,
榨汁润泽你的唇咽,
轻轻叩问你的舌肌:
"放行吗?
我要去心房。"

如果你的窗户是玻璃的,
我愿变成鸟,
啄奏出旋律,
叼去你的忧郁;
如果你的窗户悬挂窗帘,
我愿变成风,

撩兴舞态，
唤醒你的童年。

愿你常常倚依窗台，
贻下你心律的节奏，
我会借来雨去戳摩，
以呼应窗台的叹息；
愿你常常对着窗外笑，
云是我的使者，
善于兜裹声音，寄送
还原出你的笑颜。

愿你的书桌靠近窗户，
最远，请不要超过十米，
那些窗框是我的间谍，
帮我窥视你的悲喜；
愿你不要因此愤郁不欢，
我宁愿将闪电献给你，
用雷鸣怒斥我，
用电鞭抽打我，
但愿你时时喜乐。

或有人向上天控诉，
谓我滥用风云雷电谄媚你；
上天不言不语，
万物各安其命，
叫人学研和颂赞爱的光辉！

风在入梦前一直吹一直吹

春天是危险的
最危险的是赏花
当五官被置入花丛时
蜜蜂会遁入枕头

没有人不渴盼春天
醉在花粉中
血液时常缺氧
正是排毒的好时节

春天里呼吸是困难的
总找不到方向
草木的手指尖尖太杂乱
在缺乏爱情的世代歌唱

金钱能买得起春天吗?
没有礼物的表白是耍流氓
一枝野花也好

天上之城

最起码有一次弯腰

发丝在春风里俏皮
年岁都挡不住的青春痘
每个人都谎报恋情史
那天你的腿白皙透光

雨越淋,火越旺
窗台的栅栏是去你那儿的门
害怕在无声的环境中耳鸣
深埋墙壁中的电流音

就是那么点事
竟弄得夏天迟临
水,尚不至于不煮自沸
时针在夜里倒背如流

难道不能相互拯救吗?
不批准的文件
打钩的作业
空间的游戏隔着一页纸

有人吗

有人在吗

有人在听吗

有人在听风吗

风在入梦前一直吹一直吹

街的转角

无雨有风太阳隐藏的那天,
街道好长,身后我的影子更长,
街的转角是圆的吗?
那熟悉又陌生的脚步声停下,
乌漆的发被风吸引露芽,在圆转角上。

风在呼吸中歇脚,
一只白皙的手从转角拽回发梢,
没有影子被映射在路上,
没有树叶从那边飘来,
没有香味和脚步声递交。

四芽柔指抚捋转角,
时弱时刚,时按时挠,
嬉戏的发如瀑泻成风,
白皙的手挽了一把风缩回,
发撤去时把转角削出锐刃。

风被锐刃切割成了两部,
那边的风,声声呜咽,
这边的风,旋涡促急,
没有叶子在转角碰撞,
转角的利刃往两边反光成霜。

要等到街灯来打破沉寂吗?
我的影子正把身后的街道压扁,
影子消亡前,
那边的街灯能把影子寄到又签收吗?
街角会不会被街灯磨圆?

时间走路显出老迈

太阳慎谨地钻进被窝

生怕惊动,但照映

被套的湛蓝底衬

漏透进稍许岩浆的光色

愕诧的鸟,老套的碎碎絮聒

公鸡保护领地。配合新一场梦游

时间有计量模式

重量和长度

脚步走得很迫促

带起节奏啊

时间的薪资和被裹残畸变的足

一脚轻,一脚馥芳

精心套用太阳的节奏

太阳笑不动了

脸黑像黑洞;填不满空虚

空虚是被窝里的螨虫

背上拓印着彩虹,沙漠般渴慕着水
虹吸!螨虫至饕餮的演化
空虚灌满了;虚空的标本

火柴头上的药,掠过
转弯瞥见的一眼
前生圆满了;此生被咬缺了
一口。二十年前和十年后必吃的美味
足啊!为何惯性这样彪悍
浮沤长了脚,是泉眼
漩涡。时间踮了脚尖的一跃

让每个今天圆满,此生便圆满了吗
前生拽了我一下
确实,今天里多了昨天和明天
海啸般确信不疑。拍碎了,满地的彩虹拓片;荒旷的沙漠
时间走路显出老迈
果然,过错方不是太阳

天上之城

诗是我此生的安慰

冷,温度的落差和流逝。感觉
刺骨;刺入,或被汲取?
人蠢于寒风;
太阳驻足虚空。
月光所以有温度。情感
也是这样的吧!绝情人不会寒战,
理想主义是白灾中的暖炕;
诗是我此生的安慰。

平庸

社会是牙口
合理化是肠胃
人被轻快地分拣

光照出了真实

有光,就有影子,
身有影,魂也有影,
日头不需要特别说明。
魂很调皮,
落笔有魂,
抚琴有魂,
影子本来就是魂的别墅?

影子的一天,
是颠倒着过的,
白天不睡觉,晚上也不睡觉,
人睡,影子就遁入梦里做工,
去我想去又去不到的地方,
昨天,今天,明天,
都要去你的梦里。

你的梦,关上了门,
怎么也敲不开,

影子渗入了，
把我的梦植入你的梦；
传说植豆得豆，
你会不会就成了我，
然后，把你的梦植入我的梦。

有光，就有影子，
我成了你的影子，
你就是我，
光，照出了真实。

蓟花

蓟花，
野艳地怒放，
伸出万千须爪，
欲摄采太阳；
蓟花，
浑身硬金属的钉子，
朋克佩饰挂满颈项，
披装哥特暗黑洛丽塔。

蓟花，
因单恋不得的悲痛，
心如针刺而透穿出体表，
山是大地女神向天空的呼救；
蓟花，
传说中受祝福的花，
钉出血的钉子从地里生发。

蓟花的刺，

寒胜利刃，
雷神庇护的徽章，
保护着其足下的草和居民；
蓟花的刺，
炙热如火山，
掩盖着怒涌的羞涩。

畏惧世人的抚摸，
小鹿乱撞内心震酥了全身，
蓟花不敢瘫软，
以刺的怒指，
封印自身易发的烊熔。
钢铁被抚摸成饴糖，
钢铁本来就是饴糖，
蓟花用钢刺忍受抚摸的诱惑，
蓟花坚韧地推拒诱惑。

蓟花呀，
剥去你全身的刺毛，

你是否会直接烊成温泉；
一畦畦蓟花，

一眼眼温泉，
滚烫而温柔，
且让我耽醉在你怀中，
感应上天的抚慰。

关乎青春

青春期的萌动，
一边破坏着支撑周遭的承重墙，
一边探究着新的火花，
宛如广州的秋天，
一边落叶，
一边萌发新芽；
恣肆与懊悔交错盘杂。

最难描绘的是云，
云却追不上青春的心绪，
更难言尽深埋回忆中的初恋；
是迸溅后印象的模糊，
被过猛的炉火煳了的原味，
宁谧山林中看不见的无尽杀戮。

初恋为什么美呀？
开端的纯净，
对不堪的掩饰，

天上之城

野兽被套上了辔头，
一种不稳定的安定杀死了火山的苗，
投入战场就填满了黑洞；
初恋是一盆百味错乱的火锅，
饱肚的希望战胜了惶窘。

青春的回忆与青春的萌发，
可调出什么样的鸡尾酒：
乌黑密云中的霞云？
在落雨前或雨后，
拂晓或薄暮，
天空的心情极好的时光，
黑的、白的、玫红的云，
层叠辉映——撑开了空中的水晶宫：
竟分不明回忆和萌发谁更风骚？

我们将回忆和萌发蕴成一种酒，
关乎青春，
随女孩出生酿好封存，
在女孩出嫁时畅享，
何尝又不是品味上一轮的青春；

广州的秋天是在则效这种酒!
是与上个春还是下个春的调制呢?
由是,秋天的广州,
得以借着青春纠结的错乱,
贯通了从亘古至未来的春与秋的气息,
从年轮刻度中
逸跃而出,
任意跳跃于春、秋之间。

化成风的尘埃

抑郁的人,
或并非心胸狭隘,
而是自以为可以胸纳穹苍,
能牧养所有的不快;
让人不快活的事,
如乌云,
在胸怀中郁结,
积多了,就落雨,
点滴打在心头,
谁人堪受其重?

不如认个怂,
承认自己胸腔逼仄,
没能力容下任何一朵乌云,
常常择个时日,
将它放走,
让它飞回天空,
或者,它只不过是块煤,

飞不起来,便
掉在地上焚尽成灰。

人很渺小,
或者只是空中的一埃灰尘,
本也有磁场、引力场和风场的关爱,
常常能充充电,
拂一下秽浊,
被牵入共舞的节奏;
不甘心渺小的人啊!
总是妄想用尘埃收纳刺猬,
或许,撒旦会帮助你,
让你的心能纳下几只刺猬,
可这……该多么痛,
让多少痛苦受冤枉!

放过自己吧!
渺小的人,
吃得那么胖鼓鼓,
早已从磁场、引力场、风场中落伍,
孤寂在黑暗中迷途;

天上之城

将胸怀中的郁结放飞,
饶过那逞强的种种气魄,
给自己减个肥:
将乌云挂在屋檐,
随檐头水融化、风干或冻成冰凌,
制成纪念品、纪念碑、警示牌或一首诗。

如果实在摘不下嵌入心肌的刺,
与其像气球般憋闷,
时不时靠自虐来泄压,
不如把自己悬挂到檐口吧;
用兴趣做成挂钩,
或用臭美,
锚住檐梁摆动起来,
或静静地去体味风的节奏,
你会得到:
一个动心的驻足,
和一声叹息的力量!

不要小看叹息啊,
它美如星光,
微渺而坚韧地闪烁,

是挥向尘世的鞭子，
音响必有回声，
引人重归磁场、引力场、风场的关爱；
这样，你就能成为一股风，
吹透自己的躯干，
从体内摄出被冻僵的遐思逸念，
随着天地的风场去远航；
那笨拙的乌云，
会被你遗漏在原处，
再也觅不到你的足踪，
死于阳光的消融。

含羞草的进化

她是个怎么样的女孩?
有说她长得瘦瘦的,
有说她长得肉肉的,
她骨架瘦瘦,脸蛋肉肉,
笑容如蒲公英开花,
笑音像蒲公英吹散飘扬。

她是个怎么样的女孩?
有说她忧伤,
有说她洒脱,
她内心忧伤,极力洒脱,
笑容如蒲公英开花,
笑音像蒲公英吹散飘扬。

她是个怎么样的女孩?
她说绝不相信爱情,
可以让人爱上她,
尽管肆意享用爱情;

她绝不能爱上别人
如果发现爱上了别人，
一定就会转头便走，
因为爱情这玩意，
会妨碍她追求前程！
她咬牙切齿说着这番话：
笑容如蒲公英开花，
笑音像蒲公英吹散飘扬。

她的骨架苍虬又枯瘦，
脸庞聚拢了四大洋的肉，
她嘴里嚷着绝情的话，
内心实在是一株含羞草；
她说家族曾经辉煌，
要靠她争回荣光，
为了活回光芒万丈，
含羞草还能活成蒲公英，
碰一碰就卷缩的，
活成风一吹就飞扬的，
卷缩的，飞扬的，
反正都是害羞的模样！

极致害羞的误读，
本来就是绝情；
卷缩的变成飞扬的，
没有扭曲本来的模样，
她在心里咬牙切齿地说。
她是个怎么样的女孩？
嘴里嚷嚷着前程，
一头就堕入了滥情的酒吧；
她耽迷在酒吧的霓虹灯光，
精力如蒲公英花开，
欲望像蒲公英吹散撒播。

她竭力传布洒脱的营销形象；
四下却在叙说着她惊骇的变幻。
蒲公英雾化成了霓虹灯，
没有人看得清为什么，
没有人不为她叹息扼腕，
她到底是个怎么样的女孩？
标榜了洒脱，
固定了肉肉的笑容，
排遣了忧伤，
更新了骨架，

为何丢弃了忧伤却引人忧伤？
为何更新了骨架却显得如此颓丧？

含羞草啊！
是什么把你变成蒲公英？
蒲公英啊，
为何又要雾化成霓虹灯？
这一点点的没有变化的变幻，
这一步步的没有改变本来的变通，
就让含羞草变身为霓虹灯，
羞涩的变成怒放的，
忧伤的变成滥情的，
苍虬的变成颓丧的！

她到底是个怎么样的女孩？
如果早知这样，
还需不需要背负那祖上的荣光？
这女孩的后人，
该去什么树下乘凉，
该去如何编辑她的一生，

这颓丧的骨架又该怎样与祖先一起摆放？

天上之城

天光渐晓,
霓虹灯在黯淡,
蒲公英在晓风中忧伤,
含羞草在开启梦的另一个方向!

当票

昨晚,我与你接近
一齐数指上螺纹
我七,你三
你的一根头发掸过我睫毛
将我浮了上来
深深吸了一口气
好舒畅啊!怎么就被什么搅醒了

梦里我将自己典当给你
却没有当票
(你或者寄来?
我好赎回自己)
一条鱼,躺在砧板上
被刺了一刀,又一刀
斜着的花刀
说要塞进火腿片
鱼翻着眼,惨白得像当票

七叶一枝花
治胃痛,也治妄念
(我想你吗?)
左右手开弓挖
右手拇指上有疤
这疤淡没了
能凑足赎金吗

广州黄埔大道飞过一只棕鸟
事实上,它
已经掠过所有街巷和窗帘
既不与你相遇
也未契合谁的脚印
羽毛都快掉光了
飞得不上不下
云端?
巢?

冷月拎起这无数面具,把它撒向人间,像花

站在白云山巅。像站在摩天大楼顶,狙击枪的镜头
曝光了怯懦;
不敢在平地行动。绘像;
气息。地平线习惯出卖。
窒息啊!
来些风吧,
一切语默动静,
让画布漾漾,
教风迷途。
夜珠江的灯下,
无数泉眼被绸缎笼罩,
辨不出,水向何方流淌。巨轮驰过,
斜浪刷没了泉涌,
步步推袭而来,
又一线一线斜推而去,
断在江心中。

不肯,不需要,更想不到:要透漏过什么口风,

却总有风阵阵来袭。湖,孕生六子,

说点什么吧。

兴许有更多子息,

不说,会更好吗?

万一往来间捣出泥石流,

杀死活着的孩子!

斜浪在扭胯,学人跳舞。好像一条条蛔虫,

挂面,在水里沸腾蠕动。煮烂成一坨坨石头,沉下。

一节微渺的草梢从左流向右。

此岸二沙岛,

河南岸的街灯下是彼岸吗?

还是江月路借着江水的倒影,

一下子,整个广州迷途了。

迷途也是解脱。

斜浪,断灭在江心。不用一线一线蠕涌,

去编织一幅锦图。

寒风迈过南岭山脉,

冰冻整条珠江,

而泉眼,遭

绸缎罩压,

冻僵,

大雪覆碾

成一块冰冷的圆盘,

凉月会拎起这无数面具,把它撒向人间,像花。

柳泪无音是断了肠就吞没了声响吗

白驹过隙,挽留。断下,
马尾毛制琴弓,
把心弦托寄于丝,
胡与汉,同是归人,
声响在兴发;柳树是异端。过界。

树生和树身皆是教官,无情愫,
脉脉传理,也带着森林气息。沐人而不干扰人。
柳啊!犯天条的树。干扰
红尘,静水上画漩涡。
此方与彼方的蛛丝。不识趣的线,
羞愧吧!阳光下不敢露脸;乘着月华偷渡,
不得安生。却暖馨。

回流是水的缱绻,
酒窝,涧、溪、江
干扰征程,喜伴忧,
台风是海的酒窝吗?去远了,就安生吧!

柳啊，既挽留又祝福。拧巴，
上了又下；是难上难下，还是上了再下，抑或垂出"……"

红尘无情，柳干扰，
痴情，柳没干扰吗？
情是秤还是砣。
柳丝是泪吧！泪成线，
搅拌。心中旋涡；
为何，琴皮是蟒制的，
绞杀是蟒的旋涡。琴哀，
为人还是蟒？
蟒未成龙，断肠音。
柳泪无音是断了肠就吞没了声响吗？

第三辑　水就这样流进时光

如梦

我不喜欢春雨
淅淅沥沥淋着没完
仿佛天地是它家的自留地
不浸透,不宣示主权
就像许多人漫天漫地地想睡就睡和想睡才睡

脸面是世人的箭靶
中靶的箭越多
脸皮子就又脆又重
各色果树都结出大苹果
如同许多人想不一样才牛
最后都一个牛样

许多时,我分不清谁更可笑
就像我经常分不清太阳和月亮谁晒到我更温暖
可为什么我看见
嫩芽萌绿
虫蚁搬家

勤蜂啄蜜

我竟听到冰河爆裂的气息

闻到夏雷轰鸣的焦味

在我的枕衾

苹果换草籽的买卖

一直抓着这个烂苹果,
怎么样都不舍得丢弃。
丢掉这个烂苹果,
就好像会丢掉里面居住的太多太多,
有曾经美好的回忆,
有多少的眼睛和寄托。

这个苹果烂成这个样子了,
就是死抱着不肯放,
哪怕全身流血也要捍卫这个烂苹果,
哪怕是它烂得只剩下一点芯是好的了,
我们还是抠抠搜搜,
计谋着挖掉这块那块烂的、臭的,
再把它做种重新种活,
想把它种成一棵冲霄大树,
然后把这盆树背在身上,
去成全许多的指望。

今天跟朋友说起当年一起面对的苹果保卫战,
大家都觉得恍然如梦。
怎么会为了这么一个烂苹果,
大家在里面伤心、悲愤、挣扎,
结果这场苹果保卫战还是失败了,
留下了很多怨愤和惋惜,
在空闲时会浮现出来,一遍遍放映,
想要总结出当年的各种意想不通。

回头看看一切都是注定的,
就好像大家都只不过是上苍的一个剧本中的演员,
也都不是出于什么品德好坏,
只是在照着角色走,
都演得那么尽心尽力。
现在讨论着烤乳猪的肥肉、瘦肉的有无好坏,
笑谈着一把草籽的里外酸甜,
讲讲穿衣打扮的搭配风格,
反而一下子洗干净了纠缠,
彼此庆幸好在苹果被抢走了,
才赢得了时间在草籽上画墨弹弦,
人活得自在、快乐了很多。

也许本来就是上天要给你这把草籽,
要从你手上挖走那个烂苹果,
可是人就是不肯吃恩赐的米粮,
要去自起炉灶烧熟那个苹果。

春节的命运

春节,你是
衰而不亡的叹息。
是残躯不甘,
还是结茧待茁?

机械的惯性,
度假的借口,
红春联遮羞,
牵强附会的仪轨。
你热腾的青春!

商场的锣鼓,
廉价扭曲的消费,
孩童的游戏机,
头破血流的头炷香!

那耕读的人听见了天地呼吸,
是串珠子的线。

天上之城

把日子过成珍珠，
把节气制成隔片，
将春节当作佛头，
万千诗词是珠链的霞光。
春节，你曾经的青春，
联结着人心和天地。

春节，为什么你还不肯死去？
钢筋高楼并不喜欢你！
春节，为什么你还不愿死去？
叫"年"的怪兽已不敢来人间！

未死的、将死的、自认不死的，
你们在各自的命格中可曾思忖？
地下的红色是岩浆奔涌，
天上的红色是太阳燃烧。

月脸红

今天的月难知是害羞还是恼怒,
撑圆了脸,透露出血丝红,
被所有的人看着议着指指点点……
承受着数不胜数的感慨和酒气。

古老的月身笼轻纱,
只能它看清人间,
人间看不清它的姿容,
它的私语只有先知听懂,
它的舞态唯使诗人窥看。

亿万年不历风吹日晒,
月,肤白得透散寒光,
有诗人在夜半被惊醒,
冻寒中思眷母亲的怀抱。
月从此遭难,
每至初秋月盈,
人间人人手持月的模塑,

天上之城

撕碎月的绮罗——袒露裸躯,
它从先知的深闺被扯到晚会舞台的中央,
从清寂女神到万众圣母、万众明星!

月并不想离家出走,
却被架到众目睽睽的现场,
被逼迫跳起艳舞,
因失血过多而苍白,
血丝突兀而斑然!
月因人残!
月为人残!
月用其残想让人脸红,
人不脸红,月脸红!

爱者

一位劝人施爱的人和一个施爱之人,
并没有什么本质区别,
由人发出的爱,
往往是黑暗。

你说你爱我,没有我会死,
你和我要完美演绎出你需要的爱的方式。
你若有真正的心疼,
为何你接收不到我垂死时的挣扎?

征服别人的语言首先忽悠了你自己。
用旗帜绑住两个又熟悉又陌生的人算什么?
只负责生育就全然占为私有,
有谁的灵魂不是来自上苍的恩赐?
真不怪你,真是"爱"的名义太……廉价!

我们的先人早已明白,

月光不会大喊大叫,
只是悄然潜入你的身影,
托起行旅中你每一步的足底。

人模人样

道德是吸髓的蚂蟥

挣扎的塑料壳

道德是气球

光风霁月的面容

充满着要逸出界外的思念

道德是直线

汹涌向前要平推凸隆

它的波浪是直线回头

比着前人的果子活着

流放了果仁

果肉空空

尸体植入果仁会复活吗

每一朵花都很不道德

为什么要绽放

天上之城

谁叫你如斯风骚
塑料，水泥，钢铁
无怨无悔的精神
花，要以此为甚
认清楚你的榜样

杀花的缘由
花太多话，让石砾
没有一颗生得人模人样

贵贱的剧本

道德是贵贱的孩子,
天地君亲师;
道德杀灭了贵贱,
碎尸万段,
散布各方,
君亲师天地。

利益是贵贱的孩子,
做着旁观者,
没有说话。
道德叫利益背黑锅,
利益的语言被安上消音器。

道德与利益霸占了舞台,
一时各演各的脚本;
一时合演一出戏,
或褒昵胜兄弟,
或势不两立于天地。

贵贱在天地中看戏。

君亲师天地，
君亲师，
师君亲，
师君，
师亲，
君师，
亲师，
或君或亲或师或地，
天。

好人诗

好人就是恶人；
你都好了，
你就都对了，
你都对了别人怎么会对呢？
别人总在你的鉴定中活着，
你真的想通了吗？

好人必是恶人；
你想要白吃，
你想要白吃还要别人说真好，
好人怎么可以没好报，
没好报的世界就是坏世界，
你是好人世界就必须是坏的。

好人本就是恶人；
你对别人好是想贴上好人标签，
你让别人怎么呼吸，
你让世界如何运转，

你说别人是地狱他就必须黑,
你的标签是上帝的印玺。

好人很贪,
好人很懒,
好人最自恋,
好人最硬颈,
好人最执拗,
好人最骄傲,
太阳都不敢站歪一点。

月亮一时好一时坏,
星星永远不睡觉,
鸟儿的屎尿混在雨里是饮料,
蚊子专心致志叮咬好人。

时间的镰刀

三十年一代沟,
二十年一代沟,
十年一代沟,
五年一代沟,
三年一代沟,
二年一代沟,
你们是时间的刻度表。

绿皮车,
特快车,
高铁,
磁悬浮,
终于快追捕到时间了,
却耽迷于时间的私生子,
流行是没开封的老日历。

时间是什么?
从跳跃的到线性的,

从永恒的到运动的，
从运动的到切片的；
时间终于坍塌成一台冰箱，
你们在里面购买水分，
赎卖了质味。

冰箱粗嚼过的食物，
反刍上来让人再吃一遍；
巫被置入冰箱，
已馊败，
但配去侍奉黄皮子。

时间就是冰箱，
流行人在速冻间，
时尚人在保鲜室，
定义时间的人审视冰箱说：
"咦，三十年一熟的作物，
竟进化成一年一熟了，
真是累败了镰刀。"

童话之殇

人造的神话,
五彩的糖果炮弹,
神话掳掠了童话;
孩童们躺平了,
给童话做心肺复苏,
从气管中注入饴糖。

童话快死绝了,
神话殖民地突坠水底,
林木草卉悬浮在水面,
乌云失却了着落陆地,
需要崭新的童话性神话?

乡村童话已残暮,
神话吸尽了血糖;
苟喘着,等回来孩子,
爱的被衾捂紧了鼻腔;
老残的童话,

被童话性神话覆没,
剔除肿瘤,
消杀童话。

镜

你不重要到处处都在,
什么肉身都能将你替代;
你重要到你可以不存在,
看你的人永远都不再看你。
唱,把我高悬我是剑,
歌,我在书房是外科大夫。

喜欢你的人都不允许你脱内衣;
你终究是要暴死的,
谁腹中也撑不住那么多秘密,
你想拍个裸照,
她们随手将你依偎到靠山上。

你逃出去了,
脱了个精光,
将夜幕做靠山,
把世间人集束在一张底片上;
你们为了找到自己,

总得将我的肌肤逐寸地察望。

你看见的根本不是你自己,
是我想让你看见的你自己。

隐喻才是语言

效法草的匍匐,
会看见人下巴倚仗哪处,
脚有没有扎根地土。

天地不语;
那立誓的又有谁是爱你的?
天有万言;
谁人愿听不合心意的乐章?
那满嘴和而不同的造型,
贪恋的还是自己的口味;
流行的胃口和性情所向,
中间隔着一次恢复出厂设置,
隐喻是苏活硬盘的钥匙,
经上皆是隐喻而无公式。

山川寿长,
叫人学会忧伤;
昙花寿顷,

令人羡叹感怀;

大海教人渺小,

星辰谕人浩瀚;

日月易替昼夜,

命人劳思与安息并举;

千卉万植各绽其姿,

领人慎独向天答复;

鸟兽虫甲各具其规,

引人赏析红尘而乐生。

四季为什么还要说话呢?

人已用合同语言替代恋爱;

美人为什么还要笑呢?

人工智能会完美匹配婚姻。

一切语言都已不是语言,

隐喻才是语言。

梦是大门

梦是大门,
通向远方。
门不阔绰的梦,
都已经被遗忘。
同一根门槛同一个梦。

夜没有梦真好,
可以在白日商量着做梦。
梦想绝非虚妄,
指尖扎一针,
血制的喷泉。

阻止人入梦,
会被围观,
人都会送你礼物,
目光的温度,
叫水可以流入时光。

都在关心梦,
见面问好:"梦了吗?"
人不要浪费时间吃饭,
让肚脐眼重启功效,
宇宙的全貌指日可尺量。

跪在云上总比躺在地面崇高,
为何要记念树根之间的暖流?
梦的门这么宽这么宽,
无人相信回头还有路,
无人相信窄门通往天堂。

目光

目光有多轻呢?
多少错身中滑落坠地,
或消散在空气中,
连一声惋惜都索求不到。

目光有多轻呢?
越多人注射,
就越大浮力,
多少人被云霞飘没。

目光的蜕变是在梦中完成的,
密室里蚊子的声音轨迹,
你说不准哪里在发痒,
一枚书签吞吃了一片药丸。

有什么重胜于目光?
举着一座山放在你肩上;
撑直起败坏的脊梁柱;

叫一片地土苏醒开花。

目光也是光,
俄顷便教玉轮转速放缓,
释逸出蟾魄中的忧戚,
压缩宇宙至你的三寸见方。

请放轻你的目光,
月已然被压弯了身段;
请错落有致地望月,
维护好月的多样性情绪场域。

在一个屋檐下我们隔着时间距离活着

一

大树啊，好大的一棵树，
树荫将我抹黑，
我不反对，但不同意被独占，
请更多的树荫与云朵和咳嗽声一同霸占我，
让我显明得更纯澈。

大树、苗芽和地土，
大树荫就恭让给你们歌舞吧。
我欢喜荫护苗芽；
在一个屋檐下，
我们隔着时间距离交往着。

我欢喜让我的荫沁入苗芽，
它长大，我和它是一棵树，
请来每一首诗在树身上凝成华纹，
树荫都是装饰材料，

天上之城

啊！你们一直将诗人当作装修工人。

二

侍从着广天老师，
我如婴儿蹒跚学步，
他似病愈的巨象踉跄开路，
他一步，我一步。
他累乏，
我精疲力竭；
他走一步，但在前行，
我走的每一步迈出的是年轮。

何以他的影子驱动了岁月的流转？

三

人心里有藏宝箱，
没有密码锁，没有机械锁，
外面糊着泥浆厚壳，
内里有浩浩宇宙；
要去寻不同的棍棒啊！
上山入渊，每根棍棒敲震出不同的声响，
厚壳酥软裂罅，

掉落出珍珠粒粒。

你是一株花,多么美啊!
你又是块用败的抹布,
瘫在椅子上,在舞台灯下,
我的心碎了……玻璃残屑
撒遍整个剧场。
能有一块扎进你的脊椎,
帮你挺立起来吗?

荒原,鹰跟随巨象脚踪,
羽绒脱落,
在足迹上发芽。
花放,
荒原被一刀划开。
啊!是一个生日蛋糕。

鸟粪

蚂蚁的矿山,
树梢的绘画,
渎渠中虫豸的营养饮料,
二十五分之一个稻穗。

狗的玩具,
岩石的伪装,
帽子偷情的证据,
一桩血案的导火索。

猫耳朵上的宝石,
风中虫子的疗养院,
蝴蝶有没有在上面误产过卵?
螳螂会不会被绊倒哭泣?
有孩童因此欢笑,
一个慈善基金由此诞生,
几个穷孩子腾达的契机。

何必因之去赞叹，
不至于将鸟粪当琴台抚弦吧？
小心有美人因之嫣然失笑，
误兴燹火，
鸟粪会应势而登上神坛。

恋爱叫时间生不如死

时间是蝉蜕,
叫人铭刻了宗谱,
遗忘了祖先。
时间是婊子、
收据的印刷厂、
财富的坟墓。
昙花因强暴了时间而美艳,
诗人踉跄了一下,
把自己禁锢在花粉里。

时间从热血中长出,
血是火的叛徒,
染黑了上下的阶梯。
悬在牲口头前的块茎,
是线性的先进,
磨盘滚滚不息。

时间里没有光,

光奔向了恋爱，
钢塑的处女膜，
欲撕裂，
只有先产出婴孩。

人在死去的刹那，
会从头至尾再过一趟，
难道死能杀了时间？
恋爱叫时间生不如死。

体外回血

刺扎进我睫毛里
没必要救场
吹风机呼呼地响
帮睫毛打上石膏板
断了，干涸的水壶

夜晚怕看见月亮
吉他弦的影子
火炉里如果撒进盐
窗台外，知了说个没完
不要再讲道理了

为何追慕快乐一定不爽
避暑山庄只适合装模作样
早餐淹没午餐并吞晚饭
那年，田都卖了
没必要再谈种子的力量

山顶有摇滚乐队演出
伤痕，偶像，莲蓬
你哭了，用掉我太多纸巾
血从体外流回心脏太没意思
广场舞只剩下舞没了广场

空成了凶手

眼睛是深潭,
都说通心。
睫毛是钓钩,想把
日月星辰钓进潭里,
每天,钓进一尾尾纸团。

睫毛是往外朝上翘的,
什么力量在把它往外推斥?
眼井的自满吗,
还是害怕睫毛叛变,从内
向外钓出一簇簇蛆虫!

月井每夜往外浇淋银泉,
日井天天喷泄火浆,
人井,应该出产爱的吧?
为何所有人都在说:
我爱世界,世界却在伤害我!

舌尖是圆弧，
话为何尖锐还会360度转弯，
莫非"说"也是个钓钩？
说什么就钓什么，
好个无本万利的账户！

"我乐意看着你去死"，
你们这样钓回很多尸体，
眼井里，尸水成泉了吧。
谁在里面做泉眼呢？
没有眼疾却架上了空镜框，
空成了凶手。

地土是白色的云

云是黑色的土

嫁接吞噬了生长

迷信义肢

人形的蜈蚣

无须行走

在梦里

飞机冲破云层,童话

脱掉外套

洋葱被剥尽

空气的背景是苍穹

云是影子僭越的自媒体

语言僭居世界的名分

买卖的是语言

吃的是语言

人靠着人的语言活着

不信——人靠神的话而活

似乎话不是语言

语言吞噬了话,宛如

"安心"把"宙"打包装箱

"吉他是枪,歌唱是子弹"
戳破称为"宇"的白纸
血被蒸发,俄顷
白云黑云灰云缤纷裸睡
泡沫
洗面乳淘洗黑头污垢
亚里士多德修辞术
孔子曰:"辞达而已矣!"
能指杀死所指
菜刀变成核爆炸
地土是白色的云

总有一天,一把火
夺命追魂
武玮先生说"花花草草江江河河"

天上之城

先锋，太阳

星光觑出毛孔是深渊，
渊底的寒潮，冥风不敢滞留；
阳光为什么又细又长，
莫非瞄准毛孔，准备有去不回？

太阳没有回收光线的设置，
汗水在助威呐喊吗？
太像泪水了，
人看见惨剧便责难阳光无情！

一张慢慢张满的弓欲射出，
人宁愿心头流汗也不想身体流汗，
谁把黄连包装成饴糖？
人拼命在抹平白纸上的皱痕。

少数服从多数；
是人的泪多还是天的泪多？
大海的面积胜过陆地；

人的泪水难道重过人的身体？

太阳也有脸面，
你的毛孔都被烧通彻了吧？
为何不用摆造型，
月亮姊姊也接你去安息。

阳光啊，你硬一些吧！
直接就穿起人的每一个毛孔，
让人在滋滋冒油中苏醒，
这样，星辰便不用把眼睛眯成句读。

天上之城

论断

一棵树,
沉入论断中心:
树神,
根主义,
主干主义,
枝杈主义,
叶子主义,
"叶毫"主义,
人类文明为树撰写了思想史。

"叶毫"比人贵重,
人忽然各据一毫相互攻讦,
好不热闹,
人声鼎沸吓得树不敢说话。
树愿意舍去了什么吗?
舍去根?
舍去主干?
舍去枝杈?

舍去叶子？
舍去"叶毫"？
秋天和冬天帮它做过选择；
现代人类帮它选择捍卫"叶毫"！
对，捍卫每一根"叶毫"，
根、干、枝、杈、叶不准说话，
必须保护"叶毫"！——每一根！
这貌似就是真理，
不容置疑的真的真理！

树缄然，
朽倒，
败腐，
它的天命已终……
什么会苏活呢？
如果这树是整个世界，
人在论断什么呢？

星星不在远方

星光显得那么卑微，
为何总能点燃人的向往？
城市很诡诈，
知道只要显示耀眼的光芒，
就能把星星的形容隔绝蒙蔽，
叫人在光雾笼罩中迷离，
指摘理想主义是先人的臆造；
炊烟直上的登天梯，
接引下来什么？
竟能冻僵温柔！

为何月光开始显得无力，
放任爱常常败给悖逆？
没有星光做背景板的月夜是苍白的，
没有星光洗练的月光不见了神气！
星辰漫天的记忆是人不迷失的锚链，
记忆中的星光，
都具备洗练月光的效果，

捍卫来自爱的确信：
至暗的幽室中，
只要能看见一星闪烁，
哪怕只在心底照见，
便还身在光明！

太阳似乎无须星光背书，
为了弘扬理想的感化，
竭力疾呼，
总怕自己还不够努劲，
却吓得人畏惧，
宁愿躲藏到苟且中偷欢；
星星是遥远的太阳，
原本总能在太阳下班后出面抚慰，
阐释出太阳的良苦用意，
令人在星星的众说评议中感念阳光，
在恒星的至刚与至柔的比对中体味被爱。

漫天星辰啊！
总想去偏乡僻野处寻你，
可似乎，根本不用去看见你，

天上之城

只要想起,
就浮现在心底,
启发我以心底记忆为力量抗拒城市:
让我身在城市,
心却已融汇在星海,
城市,就被模糊去远方。

星星啊!你在:
与至爱人的缱绻中,
学人发愤到忘了吃饭和年岁时,
顽童与蚁群的博弈中,
一个人为了救人豁出去时,
体恤他人的不容易时,
领受到恩好并思报的心念中;
星星啊,你在:
柔软中,
虚心中,
哀恸中,
温柔中,
清心中,
使人和睦中,
饥渴慕义中!

星星的闪烁像问号,
引人悬挂在凝视明、暗的脉动里;
星星的闪烁是叹息,
解冻久已凝固了的涟漪的余味;
星星是橡木制成的欢乐储存桶,
贡献出百变的鸡尾酒风情;
星星的聆听让人释怀,
消融那跨不过去的块垒;
星星的闪烁,
牵动着心田里泉眼的涌动。

傲慢的城市啊,
你让星星消失,
定让人更眷怀星光;
贪婪的城市啊,
你无法将人永锁在囹圄中,
对星星掩蔽得更彻底,
但遭遇漫天星辰时,
憎恶必会覆没你。
你已然掩蔽的,
必将成为推你远去的利器;

天上之城

你继续掩蔽吧,
即便,你将人心全然抹黑,
黑底板上腾跃的星烁更是醒神!

七杀·文明

一个在讲车子的轨迹,
一个在讲云的高度,
会发生什么样的对话?

一个在讲酒的历史,
一个在讲酒的储运方案,
会发生什么样的对话?

在对话者只输出自己的正确,
而不关心对话的对话中,
对的就不可能是话,
而是谁肌肉强劲,
能强迫对方安坐憋气听一方讲话;
对话变成了拼肌肉,
人类文明也定是丛林法则了,
肌肉取代对话的世代,
血气代言了灵魂,
我们活在农夫自封骑士的堂吉诃德做的梦里,

人只需要活在骑士梦里?

第一幅壁画,
第一首歌,
第一支舞蹈,
第一声仰望星空的叹息,
都死了,全然死了!
那个借着艺术链接着大地的静默的灵死了,
那个凭着诗意攀月戏蝶的灵死了,
或许真是该让位给狗子了,
它成佛的概率,
胜过肌肉代替对话的人。

对话需要说法的门道,
孔子称之为伦理;
钻究肌肉门道需要的智慧,
能论断伦理吗?
为何被人打得头破血流,
竟怀疑生活方式出了问题?
养花靠肌肉,
恋爱靠肌肉,
孝顺靠肌肉,

慈爱靠肌肉，

吃云吞、用筷子也靠肌肉，
人类关系任凭肌肉的思考主宰吗？
"存真理，扬人欲"，
是一种"肌肉说法"抹去多种说法的叙事，
存一种"真理"，
扬一种"人欲"，
难道不是人道主义的巴别塔？
因着羡慕肌肉逻辑的威风凛凛，
人主动欢迎巴别塔进驻心房！
肌肉啊，
怎么就成了人灵魂的形状？
血气啊，
你是人灵魂的工程师。
我们终于进化出人形兽心的文明样式！

兽到底是人的本质吗？
那进化就是为了回到有说法的兽性吗？
放纵着欲望，
却关闭了眼目；
道家说眼睛、耳朵是寻找真的阶梯，

天上之城

看不见、听不到的文明,
是寻找虚妄的阶梯!
让塑料花、仿真花做到以假乱真,
让机器人可以代替性伴侣,
让猫和狗比恋人更有情绪价值!

乱是贵贱颠倒!
从什么时候起,
乱,成了人追求的逻各斯?
乱了,才是荣耀,
能乱秩序才是英雄;
杀死秩序的僵尸,是英雄,
杀死秩序是英雄,
杀死是英雄,
杀是英雄,
杀,杀,杀,杀,杀,杀,杀!

秩序的僵尸应该被杀死,
秩序就该被杀死吗?
贫穷应该逃离,
贫穷就能成为偷盗和欺辱他人的理由吗?
爱情的流行病该被杀死,

爱就该杀死吗?

人心坏败了,

心就该被杀死吗?

空气被污染了,

水被污染了,

光被污染了;

皮肤不存在了,

毛就会死光;

我们在反思自然是皮肤,

要保护自然,

保护野兽,

保护生物多样性;

保护所有的毛就能保护皮肤吗?

人心是毛吗?

天造万物不过为化育人心,

自然是天为人心制造的教师,

为了人心皈依爱;

为了血气和肌肉顺从爱,

为了流水和花开颐养爱。

爱是和而不同的"和"的灵,

爱是秩序的灵,

爱生发贵贱,

爱决定生死,

爱是文明!

如果真有什么进化,

进化应该是洁净,

洁净人的兽性,

让人心在说法中舒宜,

爱是洁净的理想,

爱是我心即天心的万物一体之仁,

爱是文质彬彬相得益彰,

爱是和而不同,

爱是先在已然胜出的人心,

爱,才是文明的灵魂!

日出

人生的黑夜为何总吞没太阳？
一个谎言，
一份贪婪，
一念自高，
一次肉身听从肋骨，
文明以这四块砖头为地基，
为显明高大去探索光，
又被光灼伤，
太阳于是载沉载浮。

太阳的登场，
是祭天仪轨，
肃穆、敬谨、沉稳、板眼分明，
调理云和气的仪仗舞祭，
是宝蓝与赤色的游戏。

太阳莅临，
一场战斗的典范，

观摩、轻叩、探试、渐强、掌控火候中猛扑,
温柔地将黑暗从伤处抹去,
抚慰着陆地和海洋,
口吻带着粉红与绿叶的气息。

音乐剧,
如雏鸡入世,
从密匝窒息的绝境中,
沉寂、微动、晃漾、凿穿直至挣脱跃逸,
紫色叫弦乐奏出铜管乐的气势。

少妇晨起时,
在被衾中磨蹭,
良久才露出几芽发丝,
慵然扭捏,似不甘心
被打破梦里的嬉戏,
却被大地黑着脸扯走被子,
俄顷,呈献出艳容娇笑;
一场橙黄和着水雾的诗诵会。

日出是白昼的舌尖,
吞噬黑夜的奏鸣曲,

落日是黑夜吞噬了白昼,
白昼与黑夜这般互吞相食,
到底要孕出什么胎儿?

人心里也则效白昼与黑夜的孕胎,
向往光明或耽溺黑暗;
喜欢看日落的人,
是把日头迎接至心里歇休,
好让自己有个宁谧的夜,
教日头经历一次洗练;
难知是否夜里有何境遇,
太阳在次日总有不同的心境。

经历过黑夜洗练的日是簇新的,
经历过白昼洗练的夜会是旧的吗?
或者也正在用人所不知的方式,
更新着建筑文明的四块地基,
谎言、贪婪、自高、逆乱的焰火愈炽烈了,
或许正在内里烧出一块更大的真空。

台风眼里是平静的,
外围越癫狂,

天上之城

内里愈宁谧,
一派温柔平和的气息;
如果虚妄更大了,
譬如台风更大个亿兆倍,
或许整个地球就永远是台风眼了,
这虚妄大至整个宇宙了,
太阳系永远也是台风眼了吧!

那时,以日和月为地基,
在人间定会有簇新的文明,
每天让日、月同时悬空;
人心不再会惧怕太阳的洗练,
不再会灼伤,
也不用再找尽理由躲藏自己的不堪,
不用再费尽心思反复推出替罪羊;
但把自己的不堪直放到太阳炉里,
再捞出来放到月炉里,
将每个念头都淬火成钢,
活成光明的式样。

砖头的奇迹

真是苦恼啊,江河
从起源到大海
被冻成千层玻璃在流动
对,水在每一层玻璃中间
有人跃入河中,要攫取玻璃间的水
玻璃在尖叫却装出漠然
声响还原成音符画在脸上
一张张脸上,没有痛痒
集体若无其事地别过头去

码头,岸堤被码头填满
风已吹不进河岸
究竟多少人在恨恶这搅局者?
码头上掉满咬破了的唇皮
如皑皑白雪
漠视,必须漠视
只管去恨被带进去的风
为何要把千层玻璃晃上荡下

天上之城

看啊,整条河的恨
是一曲多声部交响乐总谱图本
绝不能进行声响的模拟
否则!玻璃会瞬间集体碎裂
水会开闸式冲破玻璃、层积云和地壳
河岸便会改道
码头是一座座废墟

云射下的投影
上游冻僵的瀑布曲折了的反光
地下河几次骚动的突兀
打不破,河岸千层玻璃中
盘错的影子旋涡
这看着弱不禁风的玻璃河啊
牢着呢!只要不发生
上游火山集体爆发
海里的鱼全体集中性洄游

码头是砖石砌成的吧
这些砖石太神奇了

结合鲧的筑堤法

活用千层饼的灶神术

大禹，你汗颜吗

看见那些黑和白的云了吧

天上之城的垃圾

把它们都倾泻下来吧

不用总是分割成一滴滴落下

放心，一起来吧

让你看看筑堤治水的砖头奇迹

天上之城

第四辑　被风失手推落的雨

月吟

月亮圆了,
思念、想念、怀念层层压扁它,
做成了月饼。
心里被老拳打得酸酸的,
毕竟相传了几千年的功夫,
那么老套那么痛人!
这月亮也是亿万岁了吧,
那么老套那么痛人!

花园

有一座花园将我照亮,
你们是花,散发出清香。
你们的语言就是花粉,
落到别人的心上,
叫醒那睡着的种子。
花开了,眼睛就发光。
你们,就是那花园,
满天星月在心中歌唱。

极夜之光

传说只在墨浓的夜,
风干天冷、穹空无云之时,
神殿里的目光照见人间,
女武神会驾车舞曳长空。
英魂归来?

飞扬裙摆车辙,在天幕上
激画出多姿绚丽的霞光。
古维京人的篝火点燃,
狂战士的战斧研亮血火。
英魂归来?

全部的人都在愤世嫉俗,
全部的人都在同流合污!
难道夜云能隔绝得了视线?
温湿的水汽隔绝得了声音?
英魂何在?

好黑的白天,如墨夜,
风干天冷的热闹尘世。
英魂早已乘舟银河,远去,
留下这不停播映的舞剧,
启示人间:天最黑时,
更要重燃篝火再扬战斧!
极光,极夜之光!
英魂何在?

天上之城

线

一

不可说破的深意,
起初只暗示在玉、龟身上。
天落粟米、鬼啼哭的夜里,
你织成了一座桥,
连接内心和星空。

二

你是花神,
生育孩子,
也活在他的血肉中,
点画撇捺曲钩,
用人心的力气来掀开面纱。

三

课桌上划出一道沟,
月光露出红颜。

炮火和尸骸垒成的墙，
人间的太阳们各自有了神坛。

为了模仿你，
雨水坠落得粉碎，
至死也未知成果。

四

你睡着了，
随着鼾声的节奏，
人类规划着世界的造型。
笔直，功利的黑渊；
曲屈，流水吞咽鸟鸣松涛。

人类在祈祷，
你醒着时是圆形。

五

海天间的胶水，
阴谋的气息，
希望的形状，
死生的距离。

天上之城

一点都没有意义,
却处处都是神意。

桥

一

桥的前身服务庙宇和墓葬,
活人和死人归宿的拐杖。
桥的此身专为活人,
运送着生存和希望。

遗忘!
算不算是一种背叛?

二

无所不敢至,
无所不能至,
有形的、无形的交缠,
祈愿永固地捕获美妙。

为了爱情的永恒,
我们辗转反侧着一直在睡眠。

天上之城

三

断、续的轮回,
能装进去多少谎言?
战争、货殖、政绩、善名,
终究是互相承载。

炎夏的风,好爽快!
我管你刚才是不是杀了人。

四

此岸之人梦在他岸,
他岸之人尚在此岸,
外出已然是活命的依凭。
鲜花、柳枝、白发、凯歌,
无数条坚韧的锚绳。

满天繁星是泪珠,
全是断了锚绳的逐梦人!

五

母亲是领我来的,
那我如何归去呢?

玉

日、月是天的双眼，
天用日来生发兴隆万物，
天用月来心痛人世间。

月用后脸为人类遮挡烈日时，
月的前脸便流垂泪水，
泪水经亿万里的坠落中化光，
月光洒落又钻入地里水底，
光遇冷，凝结成玉石。

玉石啊！我认出了你，
用你的后脸遮挡刺目的阳光，
你把阳光吃进肚中，
用你的眼睛看向我，
你的目光柔润如月光。

玉石啊！我若伤心了告诉你，
你是不是也会痛？

天上之城

这痛是否会脉动给月而至他?
难怪先知们日夜和你私语,
你是我们族类的祭坛。

月啊!我们的泪水总是向你撒娇,
因你是他痛惜我们的通道!
我往后抚慰玉、陪玉多说说话,
是不是也算是对你的媚好?

秋日

一

蚊子们正在老去、散去,
迟缓得轻易就可打死,
尸体勉力伸展竟引我不信、不忍,
转眼几处肿、痒,甚过夏天的记忆。
使者,你代表主人家的风范。

你歇斯底里地怒啸,
在奉上无数甘美物产中败退。
男人还是要离产妇远一些,
记得常在门口大声徘徊。

二

大地被烤炙得疼醒了。
所有的精血都被压迫到发梢,
无昼夜的悬梁、发梢肿胀至红,
从来好脾气的母亲冲着天空不息地咆哮。

七点半倚在温凉的墙上看残月挂檐。

三

我们信唯一之真理,
老天爷不是太阳。

四

植物们把精血往根部收敛,
回收不了的,只能弃在
指甲里,不忍看它脱落,
真是丑,长得太慢啊!
丛林中的石、土披着衣裳,
拨开遮阳伞享受阳光。

谁安排的此家忧愁彼家欢?
看戏的,很纠结!

五

天上的云被压崩碎了,
没有雨落,
溪涧中的石头浮出身子,
大气和我们的肺都很干燥,

水被押送去了哪里?

普罗米修斯盗火,
食材滋滋地冒油。
这个季,谁劫了仙人的口粮?
你可以把我的耳朵借走,
眼睛和鼻子只愿是那口舌的双手,
胃肠中渗出了温泉。

绞尽脑汁哄情人,
心里才得甘饴;
汗水难道也是由露水凝成的?

六

在你的关爱下,
一个恋爱的季节,
一派交配和繁衍的盛典,
正在拉开帷幔,
要扒开一切阻隔,
摧残那屏障你目光的枝蔓,
亲睹孕生的卵埋到大地的深处,

天上之城

加温,为产房灌注暖气,
给春日寄去喧闹。

屠草如麻才能成全虫豸的生命,
或说这太不公平,
你涨红的脸,难道是羞愧?

七

叶子泄完身体里的水,
放干了血,
流尽了泪,
只为还能攀住枝干的手,
不愿坠落,
不忍坠离,
此次分离再也触碰不到,
每一寸坠落,
都竭力向上蹬跳,
风就是这样产生的,
一次次地回望和攀登,
风越来越大。

回不去了吗……

真的回不去了!

烂也要烂回根干边上,
不要……离去,
平行跃、跳、飘、翔,
风越来越急地原处打旋……
是谁出卖了叶子?

肉体已经拎着我太久了,
出卖肉体的规划实施中……
兔子钓鱼为什么喜欢用白萝卜?
为什么全部的鱼都爱上了白萝卜?
在这样的水底,有风吗?
有一种出卖是回家有理!
我攀着光穿出水面,
活在了这秋日下,
要结出什么样的果子,
才能借着它浮在水面上?

月时好时坏

月不管
你是好是坏
是死是活
但一味地嬉耍
自顾自乐
只示范着快乐的模样
时圆时缺
时曲时锐
从最干瘪至最饱满
从最丰腴至最削瘦
变幻丰盛难道是快乐按钮
星星一闪一闪的
时笑时戚
是在临摹着月的快乐示范吗

月关注着人的悲喜
用光抚摸你的情绪
有人的情绪消散了

被月光吃了吗

有人的情绪更郁结了

被月光沃注了养分

有人的情绪迸溅成诗

被月光捅泄了胸怀吗

人的情绪

把月光洗练得更白皙紧致了

月才是幕后凶手

时明时暗地挑逗刀剑的光芒

月才是偷情的唆使者

娇容的斑驳为何宛若春药

月洒布之处

不出故事便生事故

月难道真的那么无辜

月真的是按钮吗

每个人的目光

为何都按出不同的音响

月是一只鼓吧

每个人宿命星的星光

都摩肩接踵地要去蹭出回答

月不停地变脸嬉耍

时好时坏

暮霭

雾霭吞吃了晚霞,
鸟打扰了疲惫,
风的波浪只有发鬓感应得到。

红招牌穿过雾刺来,
看见楼群荐举着的努力,
高架桥的轰隆如虎啸隐怒。

烟跟着风跑得疾,
逮不及复汲余味,
火红剥噬着香烟白衣。

墨绿色的山林潜入湖面,
半湖油墨半湖黯鳞片,
无由无端地映浮斑斓。

只有鸟在会议中,
不同区域的口音和立场,

天上之城

刮擦着指环上的蓝宝石。

各色的绿相互浸没，
云漫凝成穹苍绒被，
呼与吸已然难觅界隙。

白日梦

来不及标表徽记,
云就被覆没了,
天际的海堰崩塌了吗?
没人相信是泄洪。

人刚想流泪,
就被雨吸干了,
打响发聩的饱嗝,
没完没了。

鸟吞下嚼着半天的虫,
送不回巢,
也不能便宜了风,
赶紧去飘叶下避雨。

草,匍匐着问候地土,
用身体构筑浴缸,
尽兴潜伏,

想不起要抬头望天。

至慌乱的是鱼,
上回私奔出去的兄弟,
再也没有回来,
处处为家处处都成不了家。

人的目光受到了惊吓,
越来越凝重,
压得水雾浓缩成云团,
堵缺补漏。

已然不需要太阳来救场,
任凭它在月亮的被衾中软瘫。
万物都被扯进了一场梦,
白日梦。

蚂蚁

见过蚂蚁疾趋的人，
都扰乱过它的路，
不管它是背负口粮，
还是焦灼着跑路，
打断节奏，
仿佛是在劝它出家。

蚂蚁会因此自杀吗？
还是会跟蚯蚓去讨个公道？

雨轰炸不断，
从一池池泥塘到一片汪洋。
幸好有一叶草筏，
在浮沉中流浪，
哪处的花粉不能颐养？

也许它的流浪壮丽过人生，
哪个知晓它的记忆有过多少灾难？

天上之城

也许它也能借月光疗伤,
谁可说清楚,
老天为何给它最大力量?

雨之死

雨死于开花,
从诞生就决定拯救种子,
献身于撼地酥土;
雨开花是为了唤醒花开吗?

雨从九霄俯冲而不胆裂,
疾驰突进而腿未发颤,
雨不畏死;
雨却惧痛,
树梢、屋顶,
人是优选缓冲带,
却也不顾惜花叶的挽留,
滑坠赴死;
或在花叶上化水而殁,
忍住不吭声息。

雨或也不想牺牲,
耽迷于高空赏景嬉闹;

或是源于太阳的感召,
或是本于云朵的激情,
或被风失手推落;
可一上战场雨就心疼,
或心疼地土涸竭,
或心疼一切人未及心疼的;
或为了不脸红发烫的耻辱,
雨玉碎而成全万物。

水的前生那么多,
唯雨最心软;
心软难道是英雄的根底?

雨的伞兵

每户的檐头滴水,
都是定制的吧?
击在心头开花,
如打击乐统辖鸟群的旋律。

风一吹,
檐头水就飘出阳台,
把花开到楼下的宅院,
那里有你爱的人。

一滴打在阳台边沿,
开完花,
就把花瓣撒下楼,
滚烫炙热。

一滴飘坠楼下的网中,
携去目光中的钩子,
把呼吸从楼下吊上来,

天上之城

带来一阵温柔。

谁被抛弃了还有热心肠?
谁眷恋着还被舍弃?
檐头水滴落着,
雨的伞兵。

星泪

松针尖上的珍珠
在日光下,可以替代
星星,把松树映得墨黑
坠泪

落雨,云绞干身躯
弃去负重,腾出气力来
擎托住天倾
云不堪其重,压坠入
眼帘

草木软弱
承托山的峻拔
女人柔婉
慰藉男人的刚强
祖先的踪迹,由着
母亲不断去的脐带
闪烁

天上之城

鲜花是历史流过来的泪

没有星星，血

还会流淌去天空吗？

志念混沌

灰白的纱幔连接天地
山林是天探下的手足
云绸是地伸延的发梢
时隐时现的焊接声轰鸣
从天上
洒下电焊的火花团
落下来
覆雨倾盆
砸乱谨肃的空间
荡出狂涡癫渊
风的海啸叠潮
人心中锣鼓喧嚣
瑟瑟战栗
志念虚空时的混沌

引无

奢华光鲜的台布,
瘫痪其上的残食冷菜;
卤水引路豆腐,
引无是个浪漫的称号。
引着美人唱出:种田辛苦要唱歌。
啊,引无,引向无虑;
空中有风,
土里有蚓。

椅子是弹簧秤,
称量骨髓和灵魂。
看吧,轻的,坐立难安。
书桌是砝码,借来压稳椅子。
椅子兴奋了。
不上弹就往下钻,
百会至涌泉贯成一轴,生猛且厚重;
地龙啊,以腐殖为龙门。又冷又臭,
还有诗和卤水。

风把灵魂扯走,
骨髓松快了,
何以竟压得住秤?椅子停摆似死尸,
骨髓竟被灵魂拖累了!
灵魂归体,秤轻了;灵魂遐逸,秤重了。
难道灵魂竟是负重量的?

负重量的食物?
抹杀,是往灵魂上加重;
啊!难怪灵魂喜欢风,爱住在水上。

冬霜点过的兵,
由涩滞变成甘爽。
霜是果蔬的卤水还是诗?冷臭的,
引凝引甘更引无;没经过太阳加工的风,也冷臭,
负重量,冷臭。

无骨髓,灵魂
径坐上椅子
会怎样呢?
椅子会飘浮起来吗?

天上之城

椅子，干脆，用冷臭点一下，
也闹着去跃龙门！
万物都跃龙门。

多妙啊！银河就会直挂下人间；
闲着的银河，多孤寂，荒废的冷宫散发冷臭。

雾浸

天地初开
野地不宜
他叫雾滋润地土
草木菜蔬由是而发

这世代的雾
不但笼浸山川河湖
更喜笼浸都市
因都市不宜人生长
或更宜草木菜蔬了

长久地赏雾
脑海也笼浸在雾中
是脑海已不宜星辰
或更宜草木菜蔬了
饥渴
但在脑海中摘采便饱足了

雾呀

你原是滋润土地的

这世代何以滋润人

竟何以滋润人呢

一整个冬天的高潮

飘落
是叶最欢乐的时光
没有一片叶子想兀然待在高处
蹦极
跳得远些
再远些
每次风来时
叶子如是恳求风的帮助
一下一下地
欲弹射出去

上次跳得真远
差点就够着那一棵树的根梢
那树上的叶好媚
娇得老是滴水
只要和她们腐败成一团
一团齑粉
来年

天上之城

长到一处该多美

最恋慕被根系研磨的快感
一个绞尽精力
一个沁渗入脏
无分你我地绞缠让彼此一体
没有了叶
也无所谓谁是根
一整个冬天的高潮
总是要赌进去几季的孤独

风什么都知道
却不肯揭穿
也不愿捎信去那树的枝头
难道风与根系相守执契？

在阳光下灿烂,好像在交作业。期待着通过诗人的验证

一场白日战斗,表演着白热化
一些流浪的心在掩饰下;偷渡
向天空,宁愿靠近太阳的火花。为靠得近些,再近些
诱拐江河湖泊的私生女——一边交欢,一边偷渡
编织出一床床被褥。激荡出
一声声叹息,在空中。这是风吗
流浪是不想睡着的,一浪一浪的
向着烈火中的花园
在偷渡中攀升
捋一捋盘错的躯体
落雨了;那天的雨下得好大
淋吧,淋吧,淋到鸟羽
只是纪念。有没有印迹
谁管它呢;一片片花瓣飘浮

炮火和炮灰。睡不着的理由而已
有人抱着长矛向天空捅刺

天上之城

浑身褴褛，裸露着斑驳的童真

皱纹里蓄起湖泊；碧绿和青苔

撷取一片又一片弹壳碎片。雕着文字

在阳光下灿烂，好像在交作业。期待着通过诗人的验证

那个窗户

你看见了那个窗户,
如海平面罩在高空,
有鱼、兽在那处猎逐;
你哭了,
这么高,怎能攀登上去?
你的脚掉进了泥沼。

沼泽,先别忙着杀她灭口,
她只想躲在你的孤独中酣眠,
在世间寄留眼睛耳朵鼻子,
而自己死去,在你怀中;
沼泽,你是她的乌云吗?
能不能托起她的尸躯飞出窗外?

沼泽啊,
如果你飞不动,
你沉下去吧,
你一直沉下去,沉下去,
是不是会击凿出另一个窗户?

悲秋

叶子在树上，
萌芽，茁壮，盛放，
叶是树的孩子，
叶从青葱到衰年都竭力做好工蚁角色，
没有报酬，
没有赏赐一句好话，
在秋天，被绝情逐去！

是树绝情，
还是秋风绝情？
诗人们千百年地叩问：
是叶累乏了，要罢工了吗？
如果这样倒该成全了；
或许叶子落在地上才是自己的花开，
在地上，向树绽放出云的丰姿。

树在秋天为什么如此憔悴？
哪怕努着苍劲，

奉出一年的果实；
或者特别羡慕那些在春夏结实的树，
它们告别果实时，
尚有殷勤的叶子慰藉身心，
不用这样一边哭着，一边坚韧。

一年，树在体内刻下一个圆圈，
为何努劲画得这么圆？
是对离去的果、叶的哀祭吗？
爱得那么深刻，
何以又如此绝情？
把友爱铭志在隐幽的骨髓，
为何又独存百岁，
弃友抛子，难以计数？

爱呀，
为何又爱又弃？！
难道树早已学会顺从，
知晓上天对于爱和弃的隐秘？
多少血气的情，
多少互慰的奉献，

天上之城

多少令人难割难舍的好意,
难道竟都是果与叶——
必须得定期弃去,
而后把友爱铭刻于心;
来志记这世界的虚空,
以哀祭现实中的情。

真是这样的呀!
我还怎么能欢快不已呢?
如何还兴得起再入现实的勇气呢?
树,
一年一期,
一年一圆圈;
我——要结几番果,
亦要在心蕊铭上几度悲秋吗?
妈妈在家乡的秋山上,
讲话音响新鲜,
她听见了我心中的难过了吗?

看着窗外的树,
不敢直视,
不忍直视,

怕看清它铃有多少个圆圈，
我的泪，填不满树的悲伤！
树呀树，
我还是要借着你，
才能散去这份沉寂的重量，
但愿没有因此增添你的负担；
或许，必须要有冬天，
才能在肃穆中消解这份沉寂。

格树见知

木秀于林,
是长木的美德,
先人赞叹长木枝伸向天的叩问,
效法这行为是感通于皇天。
故而,长木在树上向周遭探究,
直上、斜上、侧伸筑成研究阵营,
彼此各安其位,
也互相格以自省,
殷盛如音乐;
有所得时,
招风而舞蹈,
枝叶各得其序而问命;
并不是因畏惧风的摧残而不长高,
是自知要实在,
而整体攀升!

没有树会因为畏惧风而不长高,
树畏惧的是不实在的冒进:

会透支根系的信用，
会混淆虚实的辩证关系而逆乱，
会扰乱整体性的节奏而焦虑，
会辜负风对它的期待，
招致雷对它的挞伐！
树是知命的，
依照天序的伦理铺排干、枝和叶；
树绝不会悖命：
以一根长枝如哥特式一样探试天，
用一根长枝替代并抹杀周遭的枝条。

树也会因骄傲而跌倒，
失去警惕，
颐养了外来的寄生无花果树，
这树木的扼杀者会将树周遭裹封，
如建造大厦的脚手架，
缠绕、锁缚直至树死尽灰灭；
树本身的枝会不会有骄傲的呢？
因独秀而格残百枝，
继而则效寄生无花果树的韬略，
在弑树中自杀，

如那属血气的智慧终将绊倒自己!

骄傲的,目光中便有一套脚手架,
罩住所有的生长,
构筑一座人造的巴别塔:
必须照这格式爱我,
必须照这格式过节,
必须照这格式理解,
必须照这格式执行,
必须照这格式发展,
必须照这格式写文章,
必须照这格式治病,
必须照这格式才是文明,
必须照这格式方是宗教,
必须照这格式才是人道;
必须是弑命运的檄文,
必须啊,你是树和人的扼杀者。

不如撞来一辆泥头大车吧,
那个走出酒吧门的拂晓,
在夜灯的余晖中,
将人撞离这游戏,

骨碎肉迸中从罗网中下线!
切记得从病床上拾起一根线索,
好比从车祸中捞回一滴热血,
看见那一池原来视而不愿见的泪水。
莫非人非得拆碎了自己才能回头吗?

时间是纵向悬挂的空间,
将一株树植入其中吧,
记得将它多挂几个风铃,
敬畏并聆听风从皇天携来的信音,
捍卫本来的命运,
实实在在地扎根生长;
或让风透进枝干吧,
借着风来重塑人的脊椎,
在八风中摇曳,
和着树一起奏乐,
颂赞天恩地德。

悬挂在尴尬中

竹子是草,
不是树,
生来就愿与树较劲,
在该发芽出土时,
在土里图谋精密结构,
像极了忍辱负重的复仇者,
或者也只是为了逞强炫耀;
在一个憋不胜憋的日子,
破土戳天,
为了长得快的竞赛,
把一切精华浓缩到节骨和面皮,
管不了是否骨质疏松和肚腹空空。

竹子很光鲜亮丽地生长了一年,
若非人为地将它伐去梢头,
阻止其不罢休的蹿高,
必因风摧,
或因头重脚轻,

跌倒败亡!
或停滞不前,
徒耗几十年余生;
或不甘于白白等死,
努着劲开花结实,
便死于旦夕。

竹子作为一根草,
为百卉增添奇光异彩,
巨草成群,气象巍巍;
或许竹子是清醒的,
自知羸弱,
才甘在地下积蓄力量,
也许还寄托着百卉的指望,
难说是否还受到百卉的全力颐养。
面皮是竹子唯有的真心话,
竹篾的韧劲,
承受了全身心的疲惫,
终在篾匠的关爱下开花。

如果竹子是树,

真是透支前程的悲剧主角，
或说终究是没搞明白做树的门道，
就像寒门学子，
如百卉仰望树的巍峨：
高，
更高，
一定要最高；
就会成为百卉的集体潜意识，
而且不能忘本，
要眷顾同类……

竹子长得够高了，
有没有草甸能在竹林中茂盛呢？
除了比肩树高，
竹子有学到树的沉静和隐忍吗？
或者全然看不懂树的命运伦理，
却醉心于树不如自己的叙事中；
或也发现了有什么奥妙，
企望着通过长期身居高位能破晓。
按照进化论，
万物可追共同的祖先，并适者生存，
命运开启的这道门，

竹子、树已命定在血裔中。
因人心一点灵明,能俯仰天地。
人被放入丛林法则,
人先在,已因真理胜出了丛林法则。

真是无法评价竹的成败啊!
是巨草,
又像树;
如薄暮的钟楼的撞杵,
一下子撞向钟,
一下子退后,
被悬挂在尴尬中,
却引发出钟声轰隆,
激荡起人的心海波涛,
盘错而后沉寂,
知命而生息。

海的完全之行

大海是水的墓穴,
还是水的家?
海水由风云迁到大陆,
是旅居式红尘洗练性情,
还是再也不愿回程的流浪?

雨从云胎中落下,
也是哭声喧天吗?
各领一段不断轮回的聚散戏剧,
一滴雨,分成那么多条戏路,
在各色动植物的生死中演出;
一场雨,难道也是一支水军?
分派给不同的人、物,
收聚难计的情愫。
海到底收藏着多少世代的印迹呢?

经过我的水,
会有多少滴呢?

派给我的信，
我能打开多少封呢？
不知不觉中，
相遇、别离与融合，
想来都有痕迹，
或者我不过是这些痕迹的表现形式。
那么多年过去了，
海，你已经很懂我了吧：
融合在我之中的水，
和你有着不歇的气息传递吧。
海中同时有了一个我吗？

可为何我并不懂你呢？
可为何我看见涓流不肯归去呢？
是涓流没玩透吧，
总想转头去山上，折返空中，
它战栗，被再锁入大洋黑狱？
涓流不想入海的，
它看见大地吮吸老去的肉尸，
捕捉着那些不想回笼的鲜活；
涓流不想入海的，

天上之城

它听得见海渊在奏唱迷惑曲：
"我爱你！回来！回来！"

大海，你是不是
还在担当封锁渊底黑暗的职守？
请警惕黑渊的浸沁啊！
而我，在光海和水海中同时融合着，
我是光海和水海共塑的痕迹呈现吧！
但我本就是来自光海，
是一坨光团，
借着母体哭泣着入了尘世，
我是否也如涓流爱上了流浪？

光海在召唤着人，
也在召唤着水海，
或是通过召唤人在召唤着水海，
难道海水不被黑暗融合的力量竟来自人？
莫非借着人叹息生老病死的力量，
你才能兴起一个个浪头，
不止息地在自我洁净；
海，你的深处是黑暗，
光都照不进去，

人世的红尘历练竟直是你的锚索吗?
借着这光海在人间的折射,
海,直入黑暗,
为光明的先在胜利而完全每一滴水。

针的失踪案

微渺的，针，无声息
失踪了，没有人挽留
祖母无须叫小囡穿针眼了
手稳定的世界
没了手纳布鞋的足
慌了神，针都去哪里了
为何眼神里充满了针芒的毫光

针眼是个空洞
或者是鲤鱼跃过的龙门
或者是堕落深渊的口
思绪穿过针眼，系个结
针是舟筏，远航去诗的远方
编织出经纬的衣冕和世代
针失踪了，经纬散架了吗
不需要修补也就看不见用心的世界

好玩的事有了源头

针原来一直在命名衣冕和经纬
针被定义为针的那天
它被阉割了命名的功能
它失踪了，是自杀还是他杀

不用针就有衣冕的世代
不用找到山脚就在半山腰的登山人
是线索吗？针失踪后
还发生了什么
如坐针毡的生活
言行举止多了金戈味
人的眼睫毛都空了
冷寂的黑夜里泪滴串成了行

真的无须破获此案吗
是手足无措在此案
还是此案后便手足无措了
针长得肖似睫毛
这睫毛是针的鞘吧
那么，等着吧
针有一天会集体出现的

天上之城

将针尖刺向人的眼瞳
不要眨眼,定住瞳孔
不过是宝剑入鞘的呼啸

忧伤的丝,那飘在风里的骨髓,软而没硬以先

成群跳跃的笑脸
扑面,袭涌而来
喧嚣着,竞赛着
沿路。每一条岔道。花没有忧伤吗
忧伤排遣去虚空了
收缩,还是膨胀?——忧伤是污秽
漫天蔽日的雀鸟
怎么还有稻草人

八爪鱼九脑
八个任由一个癫
它当不了花的导演。叶献不同的绿光
土壤……土壤啊,各成血脉
八爪鱼为何驻在人心?搅拌出虚空
落日后的红霞
理当,对夜幕最后警戒
的确有狂欢气息

天上之城

让近边的云徒然恼羞郁晦

脸黑，胜过夜幕。

蜘蛛结网缜密到无趣；第一根丝的浪漫

从骨髓往外吐

随风，粘住缘分

复食粘不到缘分的丝

吃自己的骨髓！

忧伤的丝。那飘在风里的骨髓，软而没硬以先

花骨朵，花瓣被蕊丝戳到……痒痒的，炀炀的，温泉的火山

想吞下全世界

然后，**蠢蠢**的花瓣软瘫

向后倒下，欲抱住所有，拽来怀中

迫切的笑容；

蕊丝挺出身段

无邪娇喘

占据城市的花，不准放走一切

蜘蛛、八爪鱼、雀，

花的脑袋在哪？

第四辑 被风失手推落的雨

花,密集至呵气成浆

啊!工蜂,毋需采蜜了;蜂后一味食、孕
蜜漫溢了巢?
蜜之泄洪。泄到田野江河时
稻草人啊,虚空中的稻草人,将笑声编织成扇子
驱闷?
逐雀?

尽一生做出一条无底的深渊，能终结过去、现在和将来的情冤吗

纸那么白

思忆树生的悲伤

白，白的纸，不时裂开

召唤着墨，去粘住伤口

情侣，还是仇敌

不想你塌坍

没有敌人的日子是枯寂的

墨有自己的泳姿

正，侧，立，躺

水那么白

污秽它，发芽出百色

还有那万马蹄踏在一线间

每一线都是一幅画

画的仓廪，人称为字

啊！不同物种的语言真好玩

发，洗涤干净墨

就生长了岁月

墨皆归集到眼。混浊何尝不是透亮

星空图，不同版本在眼里叠加

睫毛是换挡器

翘脚趾会牵动睫毛

换着节律翘趾，钟琴音响飘临

飘临，是纸，还是墨

人在风中飘临，掉入了哪颗痣？纸上的墨痕

痣是生前情冤的徽帜

多少颗痣，多少信号塔

一生又一生，偿了复沉积

不如摘下来，飘临到纸上去填缝

白纸裂开墨缝，深渊就是这么产生的吗！一直填，一直裂

尽一生做出一条无底的深渊，能终结过去、现在和将来的情冤吗